JN119241

仏さまの世界へ誘う

今昔ものがたり 抄

末本 弘然

目次

《凡　例》

☆本書の基本参考図書（底本）は「新 日本古典文学大系『今昔物語集』三、四、五巻」（岩波書店刊）で、但し最後の二話は「『今昔物語集』㈢㈥」（講談社学術文庫）を用いた。

☆校本として、古典籍の写本である「鈴鹿本」（京都大学図書館蔵）と「黒川本」（実践女子大学所蔵）を用い、一部、「小山文庫」（九州大学図書館蔵）も閲覧して、底本の文を確認した。

☆抄出した六十八の説話は、『今昔物語集』の編成順ではなく、仏教的視点から独自に立てたテーマに合わせて並べ変えている。

☆各説話の現代語訳（本文）については、基本的に文の内容を尊重しながら、著者の解釈によって話の要点が明確になるように心がけ、さらにテーマに沿うかたちで大幅に短縮しているものも少なくない。

☆本文の表現は、できるだけ現代に通用する言葉を使うように心がけたが、当時特有の用語（旧国名、郡名、人物名、官職など）については、その表現を尊重した。

☆本文の現代語訳でも、意味がわかりにくい言葉や表現については、脚註を設けて説明した。

はじめに

日本人は、人を思いやる心、お互いを助け合う心、また、自然を敬うと同時に、その自然の中でともに生きるあらゆるいのちにも、同じ仲間として、時には恐れ、時には親しみの心を持って、長年暮らしてきました。それらの心が培われた背景には、千四百年前の飛鳥時代に聖徳太子が、日本人の精神的支柱として取り入れられた仏教が大きく関わっていることは間違いないところでしょう。

それが近代に入って、西洋の合理主義思想を元とする政治・経済・文化・科学の導入と浸透によって、いわゆる欧米化が進み、日本人の心の有り様も大きく変わってきました。特に現代は、その日本人的心情が根底から崩壊しかねない状況になってきているように感じています。すなわち、競争と対立の基本構図の中で、自己の能力を発揮し高めることが大切にされ、勝ち抜くための努力が称讃され、具体的な形としての成果や栄誉や名声が重んじられて、人の値打ちが数量化・階層化され、ランク付けされてきているのです。

一方で、ここ数年来、温暖化に伴う急激な気象変動や、新型コロナウイルス感染症の世界的大流行（パンデミック）などを契機に、これまでの成果主義、人間中心の我欲追求型社会が人類自身を窮地に追い込み、地球規模の環境破壊をもたらしていることにようやく気づきはじめているのも事実でしょう。

それと時を同じくして、聖徳太子没後千四百年忌にあたる二〇二一年、太子の表された「和を以って貴しと為す」の精神が再び注目され、受け継がれてきた日本人的こころが見直されはじめている気がしています。

そのこころをより明白に呼び覚ましていただくための一助としてご紹介したいのが、仏教的視点から数々の説話を集めた『今昔物語集』です。

『今昔物語集』は、十二世紀前半の院政期に編纂された全三十一巻・一千話を超える一大説話集です。この院政期は現代と同様、社会が大きく変わろうとしていた時代でした。仏教もまた、貴族ら一部の階層の人たちだけのものから、京に住む庶民をはじめ、聖(ひじり)といわれる特定の寺院に属さない僧たちの活躍などで地方へも広がり、法然聖人や親鸞聖人らのいわゆる鎌倉新仏教へとつながっていく、仏教の社会浸透化が進んだ時代でした。

『今昔物語集』に収められている説話には、虐待、引きこもり、ハラスメント、孤独死、食品偽装、欺瞞、詐欺、メタボリックシンドローム……と、現代にも通じるさまざまな問題や現象が取り上げられ、実にリアルに語られています。これを読むことで、さまざまな苦悩や不安を抱えながら生きていた当時の人びとの息遣いが時空を超えて伝わってきます。そしてそれは過去の出来事としてだけでなく、現代に生きる私たちの胸にも切なく迫ってくるはずです。

さらに言えることは、大変な苦悩の中でも当時の人びとには、絶望だけではなく、安堵の世界が必ず存在していたのでした。端的に申せば、それが仏さまの世界だったのです。その仏の世界へ誘うのが本書のいわば目標でもあります。そこを感じてもらえれば、こんな有り難いことはありません。

なお、本書刊行にあたり、『今昔物語集』への関心に導いてくださった恩師、故・野々村智剣先生、執筆の緒を作ってくださった月刊誌『御堂さん』、それに編集の労を取ってくださった本願寺出版社の皆さまに感謝申し上げます。

二〇二一年七月一日

末本　弘然

第一章「とかく生きていくのはつらい⁉」

《男女の悲哀の物語》

人生を翻弄され続けた姫君の最期は？

人は誰でも「私って、なんてついていないのだろう」と自分の人生を嘆くことがあります。いつの時代でも、人が生きていくのは大変です。仕事に、結婚に、家庭に、夢と希望は持つものの、思い通りに運ぶことはむしろ稀なことといってよいでしょう。そして、そういう自分もやがて老い、病となり、死んでいくのです。思うようにならないのが人生。そういう人生の酷さと悲哀を表した話から始めましょう。

六宮（ろくのみや）の姫君の夫出家する語（こと）　（巻十九・第五）

今は昔、六宮の宮家に、人付き合いもせず時代に取り残されたような五十過ぎの宮さまがいた。宮さまには娘が一人いた。容姿端麗で心根の優しい、十歳を超えたばかりのかわいい姫君だった。その美しさは申し分なく、どんな高貴な身分の若君がお相手でも、けっして引けを取らなかっただろう。しかし、人との付き

宮さま　正確には六宮といわれた親王、あるいは王の息子をさすが、ここではその息子もあえて宮さまと表現した。

合いがないため、姫君の存在は世間に知られることなく、求婚する若者もいなかった。父親も、姫は慎み深くあるべきとの昔ながらの考えだったため、こちらから縁談を持ちかけることはなかった。

父も母も精いっぱいの愛情を注いで育てた。しかしそれはまた、姫君が心から打ち解け頼りにできる人が両親以外になかったともいえる。年行く父と母は、それが気がかりだった。

そんな家族に悲劇が訪れる。父と母が相次いで亡くなってしまったのだ。ただ一人残された姫君は、悲しみに明け暮れる日々を送ることになる。世話役の乳母(めのと)は、邸内の由緒ある調度品や使い慣れた家具などを売って生活の糧にするのだが、それも底を突くほどに乏しくなっていった。環境の激変に、姫君は心細く、目に見えて生気を失っていった。

見るに見かねて、乳母が若者を引き合わせた。受領(ずりょう)の息子だった。姫君は不安と恥じらいで拒否するが、若者はすっかり気に入り、姫君の元に通い始める。姫君も頼れる人がいないため、若者に身をゆだねる以外に生きる道はなかった。

そう覚悟を決めた矢先のこと、若者は父の赴任に合わせて陸奥国(むつのくに)に同行しなけ

乳母 一般に生母にかわって、その子に乳を飲ませ、育てる女性だが、子が成長する過程で、身の回りの世話やしつけ等の養育を任せられたりした。

受領 任国に赴いて実務にあたる地方長官。

陸奥国 現在の東北地方。青森、岩手、宮城、福島県にあたる地域。

ればならなくなった。姫君との別れがつらく思い悩むが、父には逆らえない。

「必ず帰ってくるから、待っていておくれ」

――固く約束して出かけたのだった。

ところが、陸奥は遠い国。姫君への手紙を届けてくれる人が見つからず、消息不明のまま四、五年が経ってしまう。ようやく父の任期が終わり帰れると思ったところに、常陸国（ひたちのくに）の守（かみ）から「娘の婿に」との話があり、父親は承諾してしまったため、それからさらに三、四年常陸に留まることになった。結局、旅立ってから京に帰るまでに、足かけ九年の歳月が流れていた。

ようやく京に戻った男は居ても立ってもおられず、旅姿のまま六宮に駆けつけた。しかしそこで男が見たのは、変わり果てた宮家の邸跡だった。土塀は崩れ、寝殿や姫が住んでいた東の対（たい）も壊れており、姫君の姿はどこにもなかった。

茫然と立ち尽くす男の前に一人の老いた尼が現れた。下働きをしていた女の母親だった。尼は涙ながらに話し始める。

姫君は手紙を待っていたが、届かなかったので見捨てられたと思ったこと。三年後、乳母が亡くなり、仕えていた人たちも次々と去っていったこと。やがて寝

常陸国 現在の茨城県
守 ここでは国を治める地方長官。

東の対 寝殿造りの東側の部屋。

殿や対の家屋が壊れ、物盗りが横行したこと。姫は廊下の隅の小部屋に身を潜めていたこと。尼も京を離れたが、帰ってくると姫君の姿が消えていたこと、等々。

それを聞いた男は、当てのない姫君捜しを始める。そして、ある日たまたま立ち寄った朱雀門（すざくもん）前の建物で、ついに姫君を見つけた。汚れた筵（むしろ）に痩せ細った身を包んで横たわっていたのだ。男は駆け寄り、姫君を強く抱き締めた。自分を抱く男が二度と会えないと思っていた夫であることを知った姫君は、しかしその瞬間、万感の思いに堪え切れず絶命してしまう。

傷心の男は、愛宕山（あたごやま）へと向かった。髻（もとどり）を切って出家したのであった。

朱雀門　平安京の大内裏の正門で、南に中央大通り（朱雀大路）が羅城門まで続く。時が経つとともに荒廃し、盗賊のすみかになるなど、付近の治安は悪化した。

愛宕山　京都市北西部にある山。京都盆地を囲む山の中でも、比叡山と並んでよく目立っており、修行の山として知られる。

髻　髪を頭の頂で束ねた所。また、その髪。

姫君の生涯は、なんと孤独な一生だったことでしょうか！　切なくてたまりませんね。しかし、最期に姫君は、最高の幸せを感じながら娑婆の人生を終えたとも味わえます。初めて心から自分を受けとめてくれる人に出逢ったのですから……。

文豪 芥川龍之介は、この物語を題材にした小説『六の宮の姫君』で最後に法師を登場させ、お念仏の中で息絶えていったと書いています。人生は思うようにならないという私たちの現実。その根源はどこまでも深いといえますが、それを単に絶望ではなく、どんな人にでも希望と喜びがあることを、芥川は弥陀の念仏で表そうとしたのではないでしょうか。

仏教では、すべてのものは移り変わるという意味の「諸行無常」を説きます。この世のものは何ひとつとして本当に頼りにできるものはないとも言えます。親鸞聖人も「よろづのこと、みなもつてそらごとたはごと…」と述懐され、「念仏のみぞまこと」と申されました。(『歎異抄』後序)

《男女の悲哀の物語》

幽霊となって夫の帰りを待ち続けた妻

「逢いたいのに逢えない」──そんな「愛のすれ違い」に悩む人、あるいは悩んだ人は多いと思います。確かに、愛する人と離ればなれになるのはつらくて切ないものです。しかし、男女間では愛への思いに多少の違いがあるようで、その食い違いはお互いの不安や不信を招きかねません。また不信と疑念が高じると、最悪の場合、憎しみにまで発展してややこしくなるのが男女の仲。人は程度の差こそあれ、愛憎の苦しみから離れることはできないようです。

人の妻(め)、死にて後、旧(もと)の夫に会ふ語（巻二十七・第二十四）

今は昔、京に貧しくてうだつの上がらない若い侍(さむらい)がいた。ある時、国守(こくしゅ)として任国に下るという顔見知りの貴族から「生活の面倒をみてやるから、一緒につい

侍　貴族に仕える雑用係。

国守　地方の国の長官。任国に下るので受領でもある。

てこないか」と誘われた。男は喜んで承諾し、さっそく出発の準備を始める。

実は、男には一緒に暮らしている妻がおり、貧しくても愚痴一つ言わず、また若く美しかったので、お互いに離れがたく思っていた。しかし、男は遠い国での生活を慮って貧しい妻を捨て、経済力のある女を見つけてわざわざ妻にし、任地へ赴いたのだった。

任国では、初めは新しい妻と何不自由なく生活していたのだが、やがて別れた妻がたまらなく恋しくなり、「一日も早く逢いたい。どうしているのだろうか?」と、わが身を引き裂かれるほど切ない思いにかられてしまった。その後は万事が虚しく、ただ月日だけが淡々と過ぎていった。

そして、ようやく任を終え、京に帰れる日が来た。

「貧しさを理由に元の妻と別れたのは、私の間違いだった。帰ったら一緒に暮らそう」

男は、そう決心して帰京した。

今の妻を実家に送った後、大急ぎで元の妻の家に行ってみると、家は以前の面影もなく、荒れ放題だった。冷たい月が煌々と照らし、胸が締めつけられる。家

男は喜んで承諾…　受領は任国で多額の財を得ることができるので、そのおこぼれを頂戴し、豊かな生活ができると思ったからだろう。

妻の実家　当時はいわゆる通い婚がふつうで、夫は妻の家に通ってい

の中へ入ってみると、いつもいた場所に独り座っている妻を見つけた。

男の姿を見た妻は、恨みもせず、

「まぁ、どうしましょう。いつ京に戻ってこられたのですか?」

と、喜んで迎えてくれた。男はずっと思い続けていたことを話し、

「これからはまた一緒に暮らそう。国から持って帰った物は明日届くだろうし、従者も呼ぼう。でも、今夜は、積もる話をしよう!」

男の話を嬉しそうに聞き入る妻を、男はなおいっそう愛おしく思うのだった。

二人は抱き合いながら一晩中語り合い、そして眠りについた。

ところが翌日、射し込む光でようやく目を覚ました男は、自分が骨と皮になった死人を抱いていることに気づく。びっくりして外へ飛び出し、隣の家で、初めて訪れたような振りをして妻のことを尋ねると、隣人は、

「その人は、長年連れ添った男が去ると、深く思い悩んで病気になり、看病する人もなくて時が過ぎゆくままに、つい昨年の夏、亡くなられたようです。遺体を葬る人もおらず、そのままになっているはず。恐ろしくて誰も近寄れません」

と語ったからたまらない。男は怖さに堪えきれず、その場を去ってしまった。

従者　主人の供をする者。男はそういう供を持つ身分になっていたことがわかる。

なんと恐ろしい話ではないか。まさに亡妻の霊魂が家に留まり、ひたすら男の帰りを待っていたのだ。そして、積年の思いを果たしたということか。こんなことが実際に起こりうるということだろう。だから、長年離れていた人を訪ねて行く時には、あらかじめ覚悟して行くべき、ということだ。

亡妻の霊魂が家に留まり　死によって身体から霊魂が離れると思われていた当時は、死んでも家に留まり続けることは異常で、望ましからぬことだった。

愛する人がいる方なら、夫を待ち続けた女性の心情が理解できるのではないでしょうか。この女性の辛抱強く、ひたむきな心には、多くの人が脱帽するでしょう。しかし、それが度を越すと執着の塊となり、周りだけでなく自分自身をも苦しめる結果となります。その強い執着心がいつまでも消えず、かたちとなったのが幽霊だとしたら、女性の幽霊話が多いのにも頷けるということでしょうか。

しかしこの亡妻の幽霊、男の自責の念と願望が生み出した妄想だったのかもしれません。ところで、仏教では執着心が苦悩を生み出すと説きます。愛する者との別れは、「愛別離苦」という苦悩を伴うのが私たち凡夫の性(さが)と言えるのです。

《男女の悲哀の物語》

出世した元妻と再会した男は？

最近は、離婚も珍しくなりました。また結婚も男女間だけに限らず、多種多様のかたちがあるようなご時世になってきました。

平安時代は、婚姻届や離婚届を出すわけでもなく、けっこう自由だったようです。今も昔も離婚の原因は「性格の不一致」とか「不貞をはたらいた」とか「相手からの暴力」とか、お互いの信頼関係が崩れたことによるものがやはり多いことでしょう。不信感からお互いが非難し合うようなら最悪です。しかし、相手を思いやり愛するがゆえに別れたケースもあったのです。

身貧しき男の去りたる妻、摂津守の妻と成る語

（巻三十・第五）

今は昔、京に、貧乏でうだつの上がらない男がいた。親、親戚などの頼れる人もなく、自分の家もないことから、住み込みで奉公できる家を探しては、使われていた。

うだつの上がらない男　原文には「生者」と記されている。「生半可な」の「生」で、どっちつかずの中途半端なさまをいう。未熟者。身分的に貴族とも庶民ともいえない者との説も。

そんな男にも妻がおり、その妻は年が若くて美しいだけでなく、雅やかでどこまでも夫に随うように寄り添う女だった。男は、そんな妻に貧しい生活を強いている不憫(ふびん)を思い、心を悩ませていた。

ある日、思いきって妻に話を持ちかけた。

「この世に生きている限りは一緒にいようと思っていたが、日増しに貧乏がひどくなっていく。このまま共に暮らすのは、よくないのかもしれない。別々にやってみてはどうだろうか?」

妻は答えた。

「私は別々に暮らす方がよいとは思いません。貧乏になるべくしてなるのなら、たとえ飢え死にしようがそれを受け入れる覚悟です。しかし、あなたが一緒にいることがよくないと判断されたのなら別れてもいいですよ」

こうして、お互いに将来の幸せを誓い合って、泣く泣く別れたのだった。

その後、妻はその若さと美貌がある貴族の目に留まって身の回りの世話をするようになり、すっかり気に入られてしまう。そんな折、貴族の妻が亡くなり、なお一層この女を近くに呼び寄せ、寝所を共にするまでになった。ほどなく北の方

北の方　貴族などの妻

った。

となり、家政の一切を任される。そしてその貴族は、やがて摂津守となったのだった。

一方の夫は、妻と別れてからますます落ちぶれていった。京にいられなくなり、摂津国あたりをさまよいながら野良仕事などをしていたがこれもうまくいかず、難波の浦で葦を刈るというつらい仕事をするようになっていた。

その難波の浦に、摂津国に赴任する守の一行が現れた。守の新たな北の方になった元妻も、女房らとともに車から風光明媚な景色を楽しんでいたが、ふと目にした大勢の葦刈り人の中に憂いに満ちたどこか品のある男がいるのを発見する。「もしや夫では?」と思った北の方は、使者を遣わして男を呼び寄せる。ぼろ衣を着て泥と血にまみれたその男は、まぎれもなく元夫であった。

元妻は、哀れな男に贈与するという名目で車の中から真新しい衣を取り出し、そっと紙切れを添えて与えた。その紙には、

「悪くはならないと思って別れたのに、どうして(あなたは)難波の浦で葦を刈っているの?」

と走り書きされた和歌だった。それを読んで男は、北の方が元妻だったと初めて

の総称。寝殿造の北の対(部屋)に住んだからといわれる。

摂津国 現在の大阪府と兵庫県にまたがる地域。西から京に上る玄関口にあたる重要な国。

難波の浦 大阪湾岸。葦の名所でもある。

悪く… 元の歌「アシカラジトヲモヒテコソワカレシカナトカナニハノウラニシモスム」の初めの「アシカラシ」は「悪しからじ」と「葦刈らじ」を掛けている。

知る。と同時に、自分が恥ずかしく悲しくてしかたなくなった。元妻には、「きみがいなくなって悪くなってしまったと思えば思うほど、難波の浦はいっそう住みづらくなった」と返歌し、急ぎ走り去ったのだった。

きみ…元歌は「キミナクテアシカリケリトオモフニハイトヾナニハノウラゾスミウキ」。

『今昔物語集』ではこの後、「前世からの報いだ」と結論づけますが、私にはむしろ、「ままならぬ人生のつらさを受け止め、それを超える道を見つけてくれよ」と、語っているように思えます。思うようにならない人生をなおも思うようにしようとこだわり続けるならば、その人生はより重い負担を伴い、より困難さを増すことになるでしょう。思うようにならないままの自分を認めてその自分を愛おしく思うこと、そして人は生きているそのままが尊いと思えた時、自分をスーッと受け入れ、安堵することができるのではないでしょうか。愛憎を超えた仏さまの救いは、そういう自分に還らせていただける救いです。『正信偈』の「大悲無倦常照我（だいひむけんじょうしょうが）」（仏の大悲心はけっして倦（やす）むことなく、常に私を照らし続けてくださっている〈大意〉）の金言が有り難く味わえてきます。

《一途に、そしてしたたかに生きた女性たち》

一度決めたら、死んでも思いを遂げます！

「一度決心したら、何が何でも最後までやり通す」という人があなたの周りにいませんか？

その中身が皆から喜ばれることであれば、頼もしくて好感が持てますが、一人よがりで周りの迷惑も考えず行動されたのでは、実に厄介なことになります。それが男女間のことであればなおさらのこと。相手への心配りがなければ、お互いに苦悩と迷いを深めるばかりです。今はストーカーというのでしょうか、なりふり構わず突っ走る人が昔もいたのですね。

歌舞伎などでおなじみの「道成寺」にまつわる伝説の話を取り上げてみましょう。苦悩に苛(さいな)まれる登場人物の有り様は、現在の私たちにも投影されることでしょう。

紀伊国(きいのくに)の道成寺(どうじょうじ)の僧、法花を写して蛇を救へる語　（巻十四・第三）

今は昔、熊野詣(くまのもうで)に行く二人の僧がいた。一人は年老いており、いま一人は若い僧である。牟妻郡(むろのこおり)あたりで宿をとったのだが、家主が独身の若い女だった。女主

熊野詣　熊野は紀伊山地の熊野三山（本宮・那智・新宮の三社）のこと。祭神は熊野権現といい、本地を阿弥陀、観音、薬師とする神仏習合の聖地で、貴賤を問わず多くの人びとが参詣した

牟婁郡　紀伊半島の最南部。

人は宿った若い僧が容姿端麗で魅力的だったので愛欲の情を起こし、心を込めて接待した。そして夜になると大胆にも寝所へ忍び込み、着物を脱いで添い寝しようとしたのだ。驚いて目を覚ました若い僧に、女が告白する。

「今夜あなたを宿したのは、夫にしようと思ったからなのです。私は未婚で、今も独り身です。哀れと思って、どうか願いを叶えてくださいませんか」

若い僧は驚き恐れ、起き上がって女に語った。

「私には宿願（しゅくがん）があり、修行中の身です。今ようやく熊野権現にお参りする機会を得たのです。ここで交われば願を破ることになり、神罰が下ることでしょう。どうか思い留まってください」

と、女の懇願を強く拒否した。しかしその後も女は寝所でしつこく言い寄るので、僧はついに、

「むべに拒むものではありません。熊野に参った後、帰りに寄りますから、その時にはあなたの言う通りにしましょう」

と約束する。それで女はようやく引き下がり、翌朝、僧たちは無事その家を出て熊野にお参りすることができた。

宿願 前世で立てた誓願。長年にわたり抱いてきた願い。

女が、熊野詣を終えて帰る僧をひたすら待ち続けたのは言うまでもない。だが、僧に女と添い遂げる気はさらさらなく、別の道を通って逃げていた。熊野帰りの人からそのことを聞いた女は、悔しさと怒りに堪え切れず死んでしまう。その後、なんと五尋（いつひろ）ほどの大蛇となって熊野道を走り出したのだった。

二人の僧は、人伝てに聞いて、「女が悪心を起こして大蛇となり、我々を追っているのだ」と思い、恐ろしくなって道成寺という寺に逃げ込む。事情を知った寺の僧たちも協力的で、若い僧を梵鐘の中に入れ、老僧は寺の僧と一緒に隠れた。

そこへ大蛇がやってきた。山門を越え、鐘楼の扉を叩き破り、若い僧が籠る鐘に巻きついて、上部を延々と叩き続ける。大蛇の両眼からは血の涙が流れていた。

大蛇が去った後、激しく燃えた鐘を取り去ると、僧の遺骨さえなく、わずかに灰だけが残っていた。

その後、寺の高僧の夢に先の大蛇より大きな蛇が現れた。

「私は鐘の中にいた僧です。悪女の蛇に虜（とりこ）にされ、夫となってともに蛇の身で苦しみ続けております。どうか『法華経（ほっけきょう）』〈如来寿量品（にょらいじゅりょうぼん）〉を書写供養していただいて、私たちの苦を除いてください」

五尋　両手をひろげた時の両手先までの長さを尋といい、約一・五メートル。したがって五尋は七・五メートルほど。

道成寺　和歌山県日高川町鐘巻に現存。七〇一（大宝元年）の開基で和歌山県最古の寺。この寺に伝わる話は「安珍・清姫の物語」として有名になった。

法華経　如来寿量品　仏（釈迦仏）の寿命は無量であり、今も一切衆生を救おうと法を説いておられることを述べた『法華経』の中でも重要な章。

書写供養　経文を書き写して仏の慈悲心を味わい、尊崇の念を深めることだが、ここでは、その積んだ徳を他者にふり向け、その他者も仏を仰いで心安らぐ効果が期待されている。

という内容だった。

高僧は皆にも呼びかけて懇ろに供養したところ、再び高僧の夢の中に二人が笑顔で現れ、ともに蛇身を離れて天上界に生まれたことを述べ感謝したということだ。

結局、女の執念が勝り、男の僧を巻き込んで、ともに苦しみの世界（地獄）に堕ちていきました。しかし、そのまま地獄に沈んでいたわけではありません。お坊さんたちの協力によって、仏さまのお経を聞くことができ、おかげで心が安らいで天上界に昇っていきました。苦しみから逃れたわけです。実はそれでも、仏教的にはそこは最終目的地ではありません。天上界は、地獄・餓鬼・畜生・（阿）修羅・人（界）とともに、「六道」という迷いの世界の一つだからです。ただし天上界は迷いの中でも、仏道を歩む環境は整っています。そこで仏さまに出遇って修行し、やがてさとりの世界である浄土に生まれて苦しみから完全に解放されるという、二段構えの救いの構図です。念仏一つでいきなり最高の浄土に生まれて仏になるという親鸞聖人の教えは、まだこの当時はありませんでした。

《一途に、そしてしたたかに生きた女性たち》

生活のために魚売りの婆さんがしていたこと

テレビで、さまざまな人たちのお昼ご飯を紹介する番組が放送されています。いつも決まった店で食べる人や、弁当屋で買って近くの公園で食べる人、愛妻弁当を持参して食べる人など、いろいろです。いずれにしても、ホッとする楽しみの時間であることに変わりはありません。そんな仕事の合間の貴重な食事タイムに、職場までわざわざおいしい手作り弁当を持ってきてくれたら、誰もが飛びつきそうです。しかし次の話は、その食べ物の中身が問題なのでした。

太刀帯（たちわき）の陣に魚を売る嫗（おうな）の語（巻三十一・第三十一）

今は昔、三条天皇がまだ春宮（とうぐう）だった頃のこと。春宮の警護を勤める太刀帯の詰め所に頻繁に来て、魚を売る婆さんがいた。太刀帯たちは、婆さんの巧みな言葉につられて買って食べてみると案外おいしかったので、来るたびに買っては昼飯のおかずにして喜んでいた。それは干した魚の切り身のようなものだった。

三条天皇　第六十七代天皇（九七六〜一〇一七）

春宮　皇太子のこと。東宮ともいう。

太刀帯　皇太子の警護の任にあたる武官。

そんなある日、太刀帯たちは、連れだって小鷹狩りに出かけた。大内裏の北の野原で狩りを楽しんでいたところ、魚売りの婆さんの姿を見かけた。連中は皆、婆さんの顔を知っていたので、「こんな野原の真ん中で何をしているのだ？」と怪しく思い駆け寄ってみると、婆さんは大きな竹籠を抱えており、手には細長い木の枝を一本持っていた。

この婆さん、太刀帯たちを見た途端、目を逸らし逃げ腰になってうろたえた。太刀帯の従者たちが近寄って「婆さんの持っている竹籠には何が入っているのだろう」と、猜疑心から籠を覗こうとすると、婆さんはそれを見せまいと必死で拒んだ。ますます怪しく思い強引に奪い取って覗くと、籠の中に蛇が四寸ほどに切り刻まれて、ぎっしり入っていたのだった。

皆、びっくりして「これは何にするのだ？」と尋ねても、婆さんは黙ったまま立ちつくすだけである。

そこでようやく、太刀帯たちは気がついた。婆さんは、木の枝で藪を突き、驚いて這い出てきた蛇を打ち殺した後、切り刻んで家に持ち帰り、さらにそれを塩漬けにして干したものを売っていたのだった。太刀帯たちは、そんなこととも知

小鷹狩り　小型の鷹を用いて小鳥などを捕らえる狩り。
大内裏　平安京の宮城。天皇の在所である内裏のほか、中央官庁が並んでいる京の心臓部。
四寸　約十二㎝。

らずに買ってうまそうに食べていたわけだ。
これを思うと、一般的に「蛇は食べると体に悪い」といわれているけれども、はたして本当に何ともなかったのだろうか。ともあれ、姿がはっきりせずに切れぎれになった魚を売りに来ても、うかつに買って食べることは慎むべきだと、この話を聞いた者たちは口々に語り合ったということだ。

人間の味覚の不確かなことは、あるテレビ番組でアワビとトコブシを間違う〝一流芸能人〟がいたことからも察せられます。本物と偽物の見分けがつかず、欺されやすいのが私たちなのでしょう。しかし、仏さまの浄土では「食べたい時はいつでもすばらしい食べ物が目の前に現れて、特に食べなくてもその食べ物本来の味（値打ち）を十分味わうことができる（『仏説無量寿経』大意）」と説かれています。物の値打ちを正確に受け取り、味わうことができるというわけです。仏さまの浄土と私たちの欲に満ちた娑婆世界とでは、大きな違いですね。それにしても、この物売り婆さん、生活のために苦労して知恵を絞り、高価な魚の代わりに捕ってきた蛇を調理しておいしく食べさせるなんて、内容の善悪は別として、生活力のたくましさに感心させられます。

《大丈夫か!? 男たち》

表と裏では大違い、お粗末な内なる心

これまでは、当時の社会的状況を背景に女性を主人公にした話を取り上げ、ままならぬ人生を感じてもらいました。今度は、男性に目を移しましょう。男は何事にも動じることなく、女性や子どもたちを大きな心で護るというのが社会通念だったのかもしれませんが（勝手に決めつけることはよくない？）、そんな男は探してもなかなか見つかりそうにありません。反対に、見た目はかっこよくても中身は空っぽ、という軽薄な男の方が多かったりして……。これは今に始まったことではなく、平安の昔もそのようです。ここで紹介するのは、上司に仕えるたくましい侍のはずが、実は臆病で見栄っ張りな男だったという話です。皆さん、こんな男にはくれぐれもご用心を。

兵立つる者、我が影を見て、怖れを成す語（巻二十八・第四十二）

今は昔、受領の従者で、勇猛さを見せつけようと無理に武者ぶった振る舞いを

武者 つわもの。武士。

する男がいた。

早朝、男はどこかに出かける予定だったがまだ寝ており、先に妻が起きて食事の支度をはじめようとしていた。その時、ちょうど有明（ありあけ）の月の光が屋根の隙間から家の中に射し込んで、妻の姿が影となって映し出された。それを見た妻はとっさに「ボサボサ髪の大きな童（わらわ）姿の盗人（ぬすっと）が入ってきた」と思い込み、慌てふためいて夫の元にかけ寄り、

「大柄の童姿の盗人が物取りに入ってきたわ、起きてちょうだい！」

と耳元で囁（ささや）いた。

男は「それは一大事！」と枕元の太刀（たち）を掴んで、

「そやつの首を打ち落としてくれようぞ！」

と勇ましいことを言いながら、裸のまま髻（もとどり）も結（ゆ）わずに出ていった。しかし今度は、月の光が男の影を映し出した。男は自分の影を見て「なんと、童ではなく太刀を持った大きな盗人ではないか」と思い、「頭を打ち割られてしまうかもしれない」と不安がよぎって、小さく「おぉー」と叫んだきり、そそくさと妻のいるところに引き返してきた。そして妻にいうには、

有明　明け方、夜明けのこと。

童　本来は元服前の子ども、あるいは雑用役の子どもをいうが、この子たちのように髪を結わない状態の成人のことも、童姿や童形と呼ぶ。

太刀　人などを断ち切る細長い刃物。反りがついていて、刃を下向きにして腰に帯びる。

「おまえさんは勇敢な兵の妻だと思っていたが、目は節穴だったな。なにが童姿の盗人だ。散切り頭の男が太刀を抜いて立っていたぞ。しかし、あやつは臆病者だ。我輩が出ていったのを見て、太刀を落とし震えておったわ」

と、自分の影が映っていたにもかかわらず、大口をたたいた。その上、妻に、

「おまえが行って追い出せ。我輩を見て震えるのだから、恐ろしいと思っているはずだ。我輩はこれから用事で出かける身、ケガでもしたら元も子もない。女に切りつけることはなかろう」

と言いつつ、衣を被って臥してしまった。

　夫の態度に妻も「よく言うわね。気軽な月見でさえ、弓矢を携えて行くほどに臆病なんだから…」と、あきれた。そして様子を見に行こうと妻が立ち上がったところ、傍らの衝立に触れてしまい、衝立は男に倒れかかった。それを男は、盗人が襲いかかってきたと思い込み大声で叫んだので、妻は夫を憎みつつもおかしくてたまらない。

　妻から「盗人は立ち去り、あなたの上には衝立が倒れただけ」と聞かされた男は安心したのか、唾を手につけて、

衝立　部屋や廊下に立てて空間を隔てる障子。台をつけて移動できる。

「我が家に盗みに入って無事に出られると思うな、盗人め。もうしばらくいたならば、必ず傷めつけてやったものを!」

と強がりをいうので、妻はなおおかしくて笑いが止まらなかったということだ。

世の中にはこんなあきれた男もいる、という話である。

女の冷静さに比べて、虚栄心の塊のような男の哀れさ、虚しさが、伝わってきます。でも、これは男性社会の現実なのかもしれません。なんといっても世の中は競争社会です。自分の醜い部分や弱点などは隠して、相手に付け入る隙を与えない。逆に、相手の弱点がわかればそれを攻撃して、こちらを有利に運ぼうとする。そういう社会の真っただ中で働いて、生活を成り立たせているのですから……。しかし本当は、虚勢を張らずとも過ごせる生活ができればよいと思っているはずでしょう。お聖教(『論註』等)には「真実(法)」を「不顛倒不虚偽」と記されています。私たちがいかに顛倒(逆さま)し、虚偽(ウソ)の世界に生きているか、身につまされる話でした。

《大丈夫か!?　男たち》

これでは食べ物の有り難さがわからない

「痩せたいけれど、食べ物がおいしくてつい食べてしまう」と悩む、太り気味の人も多いのではないでしょうか。メタボリックシンドロームという内臓脂肪型肥満に高血糖、高血圧など、いわゆる生活習慣病が増えています。カロリーを抑えて糖分、塩分に気をつけ、適度に運動するのがよいのでしょうが、それには自己管理する強い意志と実行力が欠かせません。

平安時代の貴族も肥満傾向にあったようです。そんな肥満の貴族がダイエットを試みようとするのですが……。

三条中納言、水飯を食ふ語

（巻二十八・第二十三）

今は昔、三条中納言という人がいた。頭が良くて思慮深く、肝っ玉が太く、押しが利く上、笙の名手であり、財力もあって裕福、という申し分のないお方だった。

しかし、そんな中納言にも一つだけ悩みがあった。それは、体を動かすのも苦

中納言　太政官に置かれた令外官のひとつで次官に相当する官職とその人をさす。いわゆる政務を審議する公卿の一員。

笙　雅楽の管楽器。長短十七本の管があり、吹き鳴らす。

労するほど太り過ぎていたことだった。そこで名の知れた医師を呼んで、

「体が重くて、立ち居振る舞いが大層苦しい。どうすればよいか」

と訊ねてみた。すると医師は

「ご飯を冬は湯漬け、夏は水漬けにして召し上がるとよいでしょう」

と答えた。

中納言は、さっそく実行に移すことにした。六月頃のことだったので、「水漬けご飯」である。

「それでは、水漬けご飯を食べてみるので、しばらくそこで見ておいてくれ」

と医師に頼んで、従者に、

「いつも食べているようにして、水飯を持って参れ」

と命じた。しばらくすると従者がお箸が載ったお膳の台を持ってきた。

続いていくつかのお皿に食べ物を載せた盤が運ばれ、お膳の台に据えられた。お皿の一つには、三寸ほどの白い干し瓜が十個載っている。もう一つのお皿には、塩漬けにして発酵させた大ぶりの鮎が三十匹ほど盛られていた。それに大きなお椀が添えられている。そこへ御飯の入った大きな銀の提(ひさげ)が運ばれてきた。

盤　いくつかの食器を載せた大きなお盆のようなもの。

提　鍋。

中納言はさっそく大きなお椀を差し出し、

「これに盛れ！」

と命じると、従者はお椀に御飯を高く盛りあげ、横からほんの少しだけ水を注いで主人に返した。中納言はお膳を引き寄せて、まず白瓜を三口ほどで食い千切り、またたくまに三個平らげた。次に鮎を二口で一尾、続けざまに五、六尾、苦もなく食べてしまった。今度は水飯である。これも、大きなお椀に盛られたご飯を二度ほど箸を廻せただけで平らげてしまい、

「もう一杯！」

とお代わりを求める始末。

「この調子で召し上がっていると、水飯といえども痩せるわけがない」

と、医師はあきれて逃げ帰ってしまった。

この中納言はその後、ますます太って相撲取りのようになったといわれている。

昔も今も大食漢はいるものですが、中納言は少々度を越していたようで、憐れみさえ感じてしまいます。メタボリックシンドロームのことを思えば「もう少し自覚しろよ」と言いたいところですが……。

今一つ感じたのは、食べ物を通していのちの恵みを味わえているかどうか、ということです。特に最近は食品ロス問題がクローズアップされています。食べ物の無駄をできるだけ少なくするためにも、合掌して「いただきます」「ごちそうさま」と言葉を発する習慣の大切さを思うと同時に、「いのちをいただく」ことのありがたさを噛み締めたいものです。

仏教はご縁を大切にします。すべてのものは「縁によって生じ、縁によって滅す」と言われるように私たち人間のいのちも、食べ物となるいのちも皆、つながり合っています。〝私のいのち〟と思っているそのいのちは、食べ物のいのちなど多くのいのちによって成り立っていることに気づいた時、そのいのちの恵みに感謝し、生かしてくださっているはたらきに手を合わせたくなるのではないでしょうか。それが「いただきます」の心です。

《大丈夫か!? 男たち》
妖術の魔力に魅せられて……

最近は映像技術の進歩で、現実世界に3D映像などで精巧に作られた幻影世界が入り込み、空を飛んだり、特別な能力を得たかのような、臨場感溢れる体験ができるようになりました。現実と幻影の境目がわからなくなってきたのです。しかし、いくら技術が進んでも映像は映像。せいぜい娯楽か、しいていえば医療などの社会的使命に基づいた利用に限定されるべきものでしょう。生身(なまみ)の人間の息遣いが伝わる現実世界と混同してはなりません。

天狗(てんぐ)を祭る法師、男にこの術を習はしめむとする語　（巻二十・第九）

今は昔、妖術を好んで使う下衆(げす)な法師が京の街中に住んでいた。下駄や草履をさっと子犬に変身させたり、懐(ふところ)から狐をコンコンと鳴かせて出したり、馬や牛の尻から入って口から出てきたりして、人を驚かせ喜んでいた。

妖術　あやしいわざ。幻術。
下衆　心のいやしいこと。
法師　一般的には出家した僧のことだが、幅

そばで見ていた若い男がうらやましく思って、自分にも習わせてくれと法師にせがんだ。あまりにもしつこく頼むので、

「本気で習いたいのなら、けっして人には知らせず、七日間、ひたすら精進（しょうじん）して身を清めることだ。そうすれば、習わせてくださるところに連れていってやる」

と法師は言った。

男は言われた通り、人と会わずに七日間みっちりと精進潔斎（けっさい）した。すると、法師がやってきて、

「本当にこの術を習いたいのなら、けっして腰に刀を付けて行ってはならないぞ」

念を押すようにそう言った。意味深な言葉である。

「簡単なことです。刀を持たなければいいのですね」

と男は気楽に答えたものの、ふと、「待てよ。刀を持たないようにと、ことさら強調するのが怪しい。刀を持たなかったばっかりに危険な目に遭わないとも限らない。そうなったら元も子もないぞ」と思い直し、小さな刀を密かに懐へ忍ばせて、明け方、法師とともに出かけたのだった。

見知らぬ山の中を延々と歩き続け、午前十時頃、ようやくそれらしい立派な僧

広く使われ、法衣を着た見せかけの僧までいた。

精進潔斎　肉食を絶ち、冷水を浴びるなどして身を清めること。

房が見えてきた。まず法師が門の中に入り、柴垣の辺で屈んで咳払いすると、僧房の中から睫毛の長い尊げな老僧が出てきた。法師が、

「ご老僧に仕えたいと申す男を連れて参りました」

と言うと、「ここに呼べ」と老僧。男が柴垣まで進んだところで、老僧が声をかけた。

「そなたは刀を持っているのではないか？」

そう言われて顔を上げた男が見た老僧の姿は、薄気味悪く恐ろしいこと限りがない。

「持っていません」

と否定したものの、なおも老僧は若い僧たちを呼び、男の懐を調べさせようとした。男は「見つかればきっと殺されるだろう。同じ死ぬなら老僧とともに……」と観念し、老僧に襲いかかった。すると、何と老僧の姿はさっと消えてしまった。そして次の瞬間、建物も庭も一切が消えてしまったのだ。男が落ち着いて見回すと、そこは山奥ではなく街のお堂の中だった。

案内した法師は悔しくてたまらない。

「よくも台無しにしてくれたな」

老僧　本来なら、尊敬に値する僧だが、これも怪しげな僧だったことが、後の文でわかる。

同じ死ぬなら…　男の決死の覚悟を示す表現。『今昔物語集』にはこういう場面がしばしば見られる。

山奥ではなく街のお堂…　これも『今昔物語集』でよく見られる。一瞬に建物が消えて、全く別の場所に変わるパターン。幻覚状態が

と泣いて抗議したが、もはやどうすることもできない。失意のために二、三日後、亡くなってしまった。法師は天狗を祭り上げていたということだ。また、若い男は死ななかったが、罪深いことをしたものだ。

これで明らかだろう。仏法僧の三宝に帰依する者は、けっして妖術を習おうなどとは永遠に思ってはならないということだ。

解けたような表現。

天狗　深山に棲むという想像上の怪物。空を自在に飛行する。『今昔物語集』では、仏法に逆う厄介者として扱っている。

三宝　衆生が帰依すべき三つの宝。仏と法（仏の教え）と僧（仏の教団）。

妖術や呪術の魔力に、人はつい心を動かされがちです。その多くは何かの目的や目標があって、それを達成、実現するための手段として使いたいということなのでしょう。そういう人間の欲望を叶えたいという気持ちを敏感に読み取り、別なかたちで悪用する人たちもいるのです。違法な勧誘や、○△詐欺といった犯罪が後を絶たないのはそのためです。しかしここは冷静に因果の道理に適っているか、しっかり考えてみることです。仏教の基本に因果の法則があります。物事や現象という結果には必ず、それを生起させる原因があるという教えです。突然、何もないところから生じたり、いわゆる奇跡といった因果の道理を外れた現象が起こることをしりぞけます。「因果の道理に外れた教えを信じ、頼ってはいけない」と、親鸞聖人をはじめ多くの祖師方もきつく誡めておられるのです。肝に銘じたいですね。

《大丈夫か⁉ 男たち》

自己の危機管理が問われます？

突然の危機に遭遇した時、あなたはどう行動しますか？ 新型コロナウイルス感染症の流行をはじめ、大地震や強烈な台風、猛烈な豪雨などの自然災害が毎年のように発生し、また、一般人を標的にした凶悪犯罪も目立っています。誰もがいつ何時、突然の恐怖に陥れられるかわからないご時世です。そうした予期せぬ恐怖に襲われたとき、平常心を保つことは難しく、大概は気が動転して慌てふためくばかり、といったところではないでしょうか。しかし、そんな時のために、「備えあれば憂いなし」です。昔の教訓を学んでおきましょう。

近江国(おうみのくに)の篠原の墓穴(つかあな)に入りたる男の語

（巻二十八・第四十四）

今は昔、美濃国(みののくに)へ行こうとしていた下衆(げす)の男がいた。近江国の篠原というところで急に空が暗くなり、激しい雨が降ってきた。周りに人家はなく、雨宿りする

美濃国 現在の岐阜県南部。
下衆 ここでは身分の

場所も見当たらない。ただ一つ古墳があり、墓室（ぼしつ）の入口であろう大きな穴が空いていた。男はその墓穴で、雨が上がるのを待つことにした。しかし雨は止まず、とうとう日が暮れてしまったので、墓穴の奥に入って夜を明かすことにした。奥はそれなりに広かったので、男はすっかりリラックスして眠ってしまった。

夜も更けた頃、何者かが入ってくる物音がして目を覚ました。暗いので正体はわからないが、どんどんと近づいてくるので恐ろしくなって、「これは鬼ではないのか？　墓が鬼の住処（すみか）だったとも知らず入ってしまったのか！　こんなところで、いのちを落とすことになってしまうのか」と絶望感に襲われたが、逃げる手立てもない。ただ息を潜めて壁に寄って小さく丸まっていると、ドサンと物が落ちる音がし、続いてサラサラと音がして、何者かが座るような音がした。これは人ではないか？

思慮深かった男は、冷静に一連の物音を聞いて考えた。「待てよ、これは雨宿りするために入ってきた人間かもしれない。最初のドサンという音は荷を降ろした音、サラサラは蓑（みの）を脱ぐ音のようだ」と。しかし、鬼の可能性もまだ残っていたのでなおも聞き耳を立てていると、人の声がした。

低い者。

近江国　現在の滋賀県。

鬼　時として我々の世界に侵入する異界の存在。怨霊の化身であったり、人を食べる恐ろしい存在であった。

「墓に住んでおられる神さまに申し上げます。どうぞお召し上がりください。私は通りすがりの者で、雨が降って夜が更けたので、どうか一晩だけここで休ませてください」

と言いながら、何やらお供え物を置いたようだった。その様子を奥で聞いていた男は、やはり人間だったのだと安堵した。落ち着きを取り戻すと、心にも余裕が生まれる。後から入ってきた人が置いた物を探ろうと手を伸ばすと、小さなお餅が三枚あることがわかった。男は歩き疲れて、ちょうどお腹も空いていたので、ちゃっかりそのお供え物のお餅をいただいてしまった。

驚いたのは後から入った人だ。暗がりとはいえ、しばらくしてお供え物がなくなっていることに気づき、「鬼が食べたのに違いない」と信じこみ、取る物も取りあえず一目散に逃げ去ってしまったのだった。

男が、逃げ出した人の荷物を調べると、何かがいっぱい入った袋と蓑笠（みのがさ）があった。逃げた男が戻ってきては面倒だと、男はまだ暗いうちにその袋を背負い、蓑笠を着けて墓穴を出て山の中に潜んだ。やがて夜が明けて、袋を開けてみると、中には高価な絹や麻、綿の衣類がいっぱい入っていた。それを難なく手に入れた

お供え物　墓の主（善神）に一夜の宿りを許してもらい、その謝意のつもりで捧げたのだろう。その主が鬼だったとしたら…。

蓑笠　蓑と笠。典型的な旅の姿。外套（がいとう）と帽子。

絹や麻、綿　こうした

男は「これは天からの授かり物だ」と大喜びし、無事に当初の目的地へ辿り着いたという話だ。

それにしても、男は思わぬ儲けものをしたものだ。一方の逃げ出した人は、ああいう状況では無理もないことで、先にいた男の方が落ち着き過ぎていて気味が悪いほどだ。

しかし結局、心賢い者は身分の如何(いかん)にかかわらず、窮地に追い込まれたような時でも冷静に物事を判断し、機転を利かして思わぬ利益を得るということだ。

衣類はお金になった。

冷静に判断できるかどうかが、その後の人生を大きく左右しかねませんね。自己の危機管理をしっかりと行うべきということでしょう。

それで思い起こすのは、お釈迦さまの前生譚（ぜんしょうたん）「臆病なウサギ」の話です。ヤシの実が落ちたドーンという音を大地が壊れる音と勘違いしたウサギが、他の動物を巻き込んで大騒ぎする話です。結局、冷静なライオンのおかげで事実が判明するのですが、人ごとではなく、私たち人間も何の根拠もないものに振り回されないように、くれぐれも注意しましょう。当時も今も、身の周りには危険がいっぱいあって、何が確かなものか、しっかり見極める必要があるようです。

その冷静な判断の元となるのが、実は仏・菩薩の存在であったというのが、ここでは触れられていませんが、『今昔物語集』の思いなのです。世の中何が起こるかわかりません。確かな依りどころを持つことの大切さが思い知らされます。

最後に一言。男が高価な衣類を手に入れた場面。これは仏教の五悪の一つ「偸盗（ちゅうとう）（人のものを盗む）」です。いずれ、その報いが訪れることでしょう。

《可愛い我が子だったのに……》

優しい我が子の思いが通じなかった悲劇

自分の行為や言葉を誤解して受け取られるのは、とてもつらいことです。「そんなつもりで言ったのではないのに……。むしろ、良かれと思ってしたことなのに……」といくら主張しても、いったん誤解されると相手もなかなか修正してくれません。その誤解から喧嘩(けんか)となったり、人間関係が壊れることだってあります。

それが親子間で、しかも信頼し合っている良好な関係だった場合は深刻です。ここでは、父と子の人生を狂わせた大いなる誤解の話をご紹介しましょう。

小児(ちご)に依りて、硯(すずり)を破る侍出家する語（巻十九・第九）

今は昔、村上天皇の時代のこと、左大臣 藤原師尹(ふじわらのもろただ)には聡明で美しい姫がいた。その愛する姫が女御(にょうご)として入内(じゅだい)することになり、師尹は大いに喜んで最高級の調度品を準備させる。中でも先祖伝来の家宝である硯は、自他ともに認める名品で

師尹 摂政関白(せっしょうかんぱく)・忠平の五男。小一条流の祖。娘の芳子(ほうし)を村上天皇に入内させた。

女御 天皇の寝所に侍る高位の女官で、皇后に次ぐ位。通例として摂関家の娘がなった。

あり、天皇も楽しみにされていた。それほどに貴重な硯だったので、入内する日までは大臣の部屋の厨子の中に入れて大切に保管し、誰にも触れさせないようにした。そんな折、大臣の部屋の清掃係に、出自の確かな若い家人が命じられた。ところがこの家人、実は書道を嗜んでいたので、毎朝掃除する時には、厨子の中のその硯が気になってしかたがなかった。「一度でいいからこの目で見てみたい！」そんな衝動にかられてしまうのであった。

そして、大臣が内裏に出かけて留守になったある日のこと、人影がなくなった隙に部屋に入り、厨子の鍵を見つけて硯を取り出してしまう。家人は、噂通りのすばらしい硯に感動しながら、掌に載せて惚れぼれと眺めていた。すると突然足音がしたので、家人は慌てて硯を厨子に戻そうとしたが、運悪く手から滑り落ち、真っ二つに割れてしまったのだ。

目の前が真っ暗になり、茫然と立ち尽くす家人の前に現れたのは師尹の子で、元服前の少年だった。心優しい若君は、憔悴しきった家人を憐れんで、

「もし見つかったら、若君が割った、と言えばいい」

と、自分が身代わりになることを告げる。

大臣　ここでは師尹のこと。

厨子　二枚とびらの開き戸がついた物入れ。

家人　家来、奉公人。

内裏　天皇の公私を兼ねた住居。皇居。

やがて事が発覚し、怒り心頭に達した師尹は、家人を激しく問いただした。恐れおののき青ざめる家人は、震える声でついに「若君が……」と、発してしまったのだった。師尹の怒りは、若君に向けられる。

「この子は我が子ではなく、前世からの敵だったのだ。とんでもない奴を、長年愛おしく思って育ててきたことか。顔も見たくない!」

と、乳母(めのと)の家に追いやってしまう。若君からすると、我が子が割ったのなら父もあきらめるだろう、と思っていたのだが、現実は違っていた。去り行く道すがら、乳母も若君も泣くしかなかった。

不自由で慣れない乳母の家での暮らしに、若君は日に日に弱っていった。心細さが募るなかで、親から見放されたことに思い悩む若君は、やがて熱を出し病に陥る。乳母は、母である北の方に若君の病気を知らせるが、父の大臣が心動かされることはなかった。そうこうしているうちに、臨終を迎える。危篤であることを知り、ようやく我に返った師尹は、慌てて乳母の家に駆けつけ、我が子への仕打ちの愚かさを悔いるが、時すでに遅し。

若君は、弱りきった息のもとに、

乳母　生母に代わってその子に乳を飲ませ、育てる女。うば。

北の方　若君の実母。師尹の妻。

「父上が厭い嫌われた（硯を割った）時に、死ねばよかったのに。（父に許されぬまま）死に別れることになると知っていたならば…」と歌を詠んだ後、苦しそうな気配の中、阿弥陀仏の念仏を十回ほど高らかに唱えて、息絶えたのだった。父も母も、乳母もともに心が割れんばかりに泣き悲しんだことは言うまでもない。

さらに悲嘆にくれる師尹に追い打ちがかかる。若君の葬儀の日、久しく姿を見せていなかった家人が喪服で現れ、大臣に真実を語ったのだ。そこで初めて師尹は、硯を割ったのは若君ではなく、それどころか若君は家人に代わって罪を被り、家人を助けた慈悲深い子だったことを知る。

「仏さまのような我が子を酷い目に遭わせるとは、なんたる親か」

師尹はただただ嘆き悲しむばかりなのであった。

一方、真相を告白した家人は、髻を切って出家し、黒髪を仏さまとなった若君に捧げた後、修行の旅に出たということだ。

我が子への仕打ちを悔いた父親の歌

「ムツゴトモナニニカワセムクヤシキハコノヨニカヽルワカレ成ケリ」

（かつて交わした親子の語らいも、何になるのか。こんなに悔しいこの世の別れがあるものだろうか）

若君の歌

「タラチネノイトヒシトキニキエナマシヤガテワカレノミチトシリセバ」

物語では親子、特に父子関係における悲劇が語られますが、もう一人の重要人物、家人のことにも触れておきましょう。この人もつらかったことでしょう。若君の好意に甘えてしまい、またそれしか生き残る術がないという状況の中で嘘をついてしまいます。しかし、いずれにしてもその後の人生は晴れることのない闇の中を歩むようなものだったことでしょう。ところが、若君の死を縁としてもう一つの新たな人生を歩み始めます。それが出家という道です。

当時の社会は、煩悩が渦巻く世俗の人生と、仏の道を歩む出家の人生と、二つの人生スタイルがありました。世俗一辺倒の現代社会に、仏道という別の価値観を持った人生が用意されていたなら、自分のいのちを無駄にすることなく、また世の中に絶望せずともたくましく生き抜くことができる人がずいぶん増えるかもしれません。

ともあれ、ここでは十悪（五悪）の一つ「妄語（もうご）」（ウソをつく）に、父親の起こした「貪欲（とんよく）」（むさぼり）、「瞋恚（しんに）」（怒り）、「愚痴（ぐち）」（ものごとを正しく見られない）がそれぞれの関係者を苦しめ、惑わせたのでした。

《可愛い我が子だったのに…》

母と子のどちらを救うか、選択を迫られたら

「母と子がともにいのちの危機にさらされている状態で、どちらか一人しか助けられないとしたら、あなたはどちらのいのちを助けますか」

そんな問いを突きつけられたら、どう答えられますか。「母」と「子」ではなく、「母」と「妻」という場合もあるかもしれません。いずれにしても難問です。「どちらも大切だ」ということでしょうから、選択すること自体、大いなるジレンマとなります。次に紹介する母か子かの究極の選択を迫られた法師が取った行動とその理由は、おそらく多くの現代人の反発を買うことでしょう。しかし……。

河辺に住む僧、洪水に値ひて子を棄て母を助くる語

（巻十九・第二十七）

今は昔、津波による高潮で淀川の水が急増し、多くの川べりの家が流されてしまう出来事があった。その中に、端正な顔立ちをした愛くるしい五、六歳の男児

淀川　摂津国の難波江（大阪湾）に注ぐ古代からの水運の大動脈。

を子に持つ法師の家も含まれていた。

家に年老いた母がいることも、また愛する子がいることも忘れ、大あわてで岸辺に逃れた法師だったが、振り返ると一人の子が川に流されていくのが目に入った。流されていくのが我が子だと確信した法師は、とっさに川に飛び込み、懸命に泳いで追い着いた。喜んで子の腕を掴み、引き返そうとした法師の目に映ったのは、溺れながら流されていく母の姿だった。

二人とも助けるのは無理だと思った法師は、

「我がいのちがあるならば、子はまた授かることもある。しかし母は今別れると、もう二度と会うことはできない」

そう判断して腕の中の愛し子を棄て、流される老母を助けようと、川の沖に向かって再び泳いでいき、連れ戻したのだった。結局、老母は水を飲んでお腹は脹っていたものの、無事助けることができた。

その様子を見ていた人がいた。法師の妻であり、男児の母親だ。もちろん黙ってはいない。

「おまえさんは何と愚かなことをしてくれたものだね。あきれてものもいえない

法師　ここでは、在俗の僧。

何と愚かな…　底本では「奇異キ態シツル」。

わ。たった一人の玉のような可愛い我が子を殺して、枯れ木のように老いて、今日明日死んでもおかしくない婆さんを助けるなんて、どういう了見なのよ！」と泣いて訴えた。困った法師は、

「おまえの言い分もわかるけど、母親は誰にも替えられない。子は我われのいのちがあればまた授かることができるだろう。どうか嘆き悲しまないでおくれ」となだめるのだが、妻の気持ちは収まらない。大声で泣き叫ぶばかりだった。

そうこうしていると、仏さまが母を助けた法師の心を喜ばれたのだろう、幼い男児も川下で別人が助け、無事に親子の再会が果たせて、皆ともに大いに喜び合ったのだった。

この話を聞いた人は皆、「実に有り難い法師の心よ」と、褒め称えたということだ。

仏さまが…喜ばれた 男児のいのちが助かったことと関連づけて語られるが、これは語り手の推測。しかし、後文で述べるように、生死を超えた仏の救いをこのような表現で語られたと言えないだろうか。

現代感覚からすれば妻の気持ちの方がぴったりくると思いますが、これが、母ではなく妻本人と子のいずれかを助けるとなったら、妻はどんな反応を示すでしょうか……。ともあれ『今昔物語集』では男の行為を褒めるのです。おそらく、現代人が将来を見すえながら生きているのに対して、昔の人は過去を顧みながら生きていたからではないでしょうか。これには仏教の「縁起〈一切の事物はさまざまな原因と条件〈縁〉が寄り集まって成立して〈起きて〉いる〉」という教えが影響していそうです。自分がこの世に生まれ、今日まで生きてこられたのも親のおかげであり、そのご恩と感謝の心が、自身の根底にあったからでした。とはいっても、どちらか一人を助けたということは、もう一人は助けられなかったということです。子を助けられなかったことで自責の念が生じて苦しみます。逆に親を助けられなくても、やはり自分を責め苦しむのです。

ところが仏さまの救いは、誰ひとり漏らすことがない救いと言われます。つまり親も子も、さらに法師も妻もすべてが救われていくのが仏さまの救いです。ただしその救いは、「生」か「死」かで分かれるのではありません。「生きても」「死んでも」皆が苦しみから解放され、心と心がどこまでも繋がり喜び合える状態にさせる救いです。

この話では、男児がたとえ死んでも仏さまの救いでお浄土に生まれて仏となり、いつでも父母や祖母に寄り添ってくれていると、皆が思えるようになることが「仏さまの救い」ということです。

《老いの侘しさ、されど……》

この家で死なれたら困ります！

老老介護など高齢者介護の深刻さや、認知力の低下した高齢者による危険運転などが日常的に報じられています。高齢者に対する風当たりは強いと感じる昨今です。しかし、生きている限り人は老いていくもの、その「老苦」は誰一人として避けることはできません。

今や日本の人口の三割近くが六十五歳以上の高齢者です（内閣府『令和二年度版高齢社会白書』参照）。さらに高齢になるほど病院や老人福祉施設で過ごす人も増えるわけで、そうした施設も受け入れが限界に来ているようです。それだけに行き場を失ったお年寄りたちに淋しい思いをさせず、人の温もりを感じてもらえるような社会になってほしいものです。

尾張守（おわりのかみ）の□□、鳥部野（とりべの）に人を出（い）だす語

（巻三十一・第三十）

今は昔、尾張守の縁につながる女がいた。歌人として知られ、気立ても淑（しと）やかで、男関係もなかった。尾張守はそれを哀れんで国内にある郡を預けたので、女

□□　欠字。

尾張守　現在の愛知県

は裕福な暮らしをしていた。子どもは二、三人いたが、母に似ずだらしない者たちばかりで、皆、他国へ行ったきり消息不明となった。その女もやがて年老い衰えた。

頼りになる子もおらず尼になった老女を、尾張守も面倒を見なくなってしまい、ついには兄にあたる者の下に身を寄せた。生活は貧しく苦しいことが多かったが、もともと教養があったので身を落とすこともなく、奥ゆかしく暮らした。しかし、やがて病気になってしまう。

日が経つにつれ病状が悪化し意識も朦朧（もうろう）としてくると、兄は「家では死なせない」と言い、薄情にも追い出した。それでも、老女は「兄は、私のためを思ってしたことだろう」と善意に解釈し、清水寺あたりに住む昔の友だちを頼った。しかしその友だちも、「ここで死んでもらっては困る」と言って住まわせてくれなかった。

老女はしかたなく乗ってきた車で鳥部野に行き、上質な高麗端（こうらいべり）の畳を敷いてその上に降りた。そこはちょうど墳墓の盛り土で小高くなっているところで、その塚の陰で最期の身繕いをして穏やかに横たわった。長年付き従ってきた侍女は、これまでと見定めて去っていった。「哀れなことですね」と、当時の人たちは噂し

西部にあたる旧国の長官。

郡を預けた　国の下にある行政区画である郡の支配権を与えたこと。

家では死なせない　〝死は穢れ〟の考え方があって、自分の家で死なれては困ると思ったのだろう。

鳥部野　鳥辺部とも書く。東山の麓、大谷本廟周辺にあった葬地。

高麗端　畳の縁が白地の綾に雲形・菊花などの模様を黒く織り出したもので、高級品。

合った。

この老女は、かの尾張守の妻か、妹か、娘か、身元のはっきりした人だが、気の毒なので誰とはいえない、と事情を知る人は言ったということだ。

老女が一人葬場に来て、誰にも看取られずに死を待つというのは、何とも寂しいことです。尾張守や縁者たちは、「死は穢れ」という当時の考え方から老女を追い出したのですが、衰えて心細いお年寄りを、そのご恩を忘れて突き放すのは、やはり忍びないことです。私たちもそうなっていないか、胸に手を当てて考えたいものです。

しかし、この老女、世間の煩わしいはからいを超えて、穏やかな境地で最期を迎えて浄土へ生まれて往かれたようにも思えます。仏教では「独生独死独去独来（どくしょうどくしどっこどくらい）」（『仏説無量寿経』下巻）と説かれます。すなわち〝ただ一人生まれてきて、ただ一人死にゆく〟この身であるということです。女はこの事実をしっかりとわきまえていて、いわば見事な臨終（終活？）を果たしたと言えるかもしれません。

《老いの侘しさ、されど……》
老いた叔母を憎む妻に、つい心が動いて

「年を取ると、何一つ良いことはありませんわ」と嘆くお年寄りは多いことでしょう。若さを頼りとし、能力を発揮することが価値あることとする社会では、老い衰えることはやはり「敗北」なのです。ますます居場所をなくしつつあるお年寄りです。

昔も、お年寄りを厄介者として疎んじる社会がなかったわけではありません。いわゆる「口減らし」のため、老母を山に捨てに行く姨捨山(おばすてやま)伝説は広く語り継がれています。しかし「姨捨」の元々の話は、必ずしも口減らしの話ではなかったようです。「そう簡単に世話になった親や肉親を見捨てることはできない」というのが人びとの本音だったのです。

信濃国(しなののくに)の姨母捨(おばすて)山の語（巻三十・第九）

今は昔、信濃国更科(さらしな)というところに住む男がいた。妻のほかに年老いた叔母がいて、男は叔母を実の親のように大切に養っていた。

ところが、妻はそれがおもしろくなかった。姑のような物言いや振る舞いが気

信濃国更科　現在の長野県千曲市にある地名。近くにJR篠ノ井線に姨捨駅があり、南の東筑摩郡筑北村との境に姨捨山がある。

に障ってしかたないのだ。ことあるごとに叔母の根性悪なところをまくしたてるので、夫は「一緒に暮らすのは難しいものだな」と思いつつ、つい叔母を疎んじることが多くなっていった。そのうち叔母は腰が二つ折りになり、ますます妻に面倒をかけるようになった。しかし口だけは相変わらず達者だったので、妻は「よくもまだ死なずにいるものよ」とあきれ、夫に「憎たらしい叔母を、早く山へ捨ててきてよ！」と責め立てるのであった。

男は不憫（ふびん）と思いながらも妻の強い責め立てにどうすることもできず、八月十五日の満月の夜、意を決して、

「山のお寺で有り難い法要があるからお参りに行こう」

と叔母を連れ出した。背負った叔母を峰付近で下ろすと、男は一目散に走って帰った。しかしその夜、男は一睡もできなかった。

妻が嫁いでくるずっと前から一緒に住み、親のように慕いお世話してきた叔母である。山の上から照らす月を見ていると、恋しく悲しい想いが込み上げてきた。居ても立ってもおれなくなった男は次の朝、山から叔母を連れ戻し、それからはずっと大切に養い続けたのだった。

山へ捨てて… 山が死者の遺体捨て場だったことがうかがえる。

八月十五日… 旧暦なのでこの日は中秋の名月。団子やススキを供えて月見する習慣があった。法要があってもおかしくはない。

改めて思うには、新参者の妻の言うことを真に受けて道理なき心を起こしてはならない、ということだ。今でもこういうことはあるだろう。

ちなみに、この山をそれから姨母捨山というようになった、という話である。

嫁姑の問題がからんできそうですが、ここではあくまで親同様に養ってもらった叔母への恩義とか、おかげさまを大切にできるか、ということでしょう。

お年寄りを捨てる話は、元は『雑宝蔵経（ぞうほうぞうきょう）』の「棄老国（きろうこく）」から来ているようです。インドのとある国で、老人を嫌った国王が老人を捨てるよう国民に命じたのですが、国の危機に際し国民に知恵を出すように求めたところ、息子に匿（かくま）われていた老人が妙案を次々と出した結果、国が救われたことを知り、国王は以後、老人を大切にしたという話です。

なお、舞台となる「〇〇山」という村落近くの高い山は、他界であると同時に、時代が下るにつれその山の向こうに阿弥陀仏の極楽浄土がイメージされることが次第に多くなっていきます。

姨母捨山　姨捨山と表記されることが多い。冠着（かむりき）山、更科山などともいわれる。月見の名所でもある。

第二章「人間って、怖い生き物ですね」

《善悪の見境がつかなくなって、殺めてしまった！》

日頃の悪業が身に沁みついていた！

良いことも、良くないことも、毎日繰り返していると、その習慣からなかなか抜け出せないことってありますよね。私もタバコをやめるのに、幾度も失敗した経験があります。食事の後には必ず吸っていたので、頭では体に良くないとわかっていても、食事を済ますと自然に手がタバコに伸びライターで火をつけていたものでした。皆さんにもきっと、あえて思わなくても習慣となって体を動かしているようなことがあるのではないでしょうか。

次の話は、日頃の悪業が身に付き、最悪の結果を招いた話です。

丹後守保昌朝臣（たんごのかみやすまさのあそん）の郎等、母の鹿と成りたるを射て出家する語（巻十九・第七）

今は昔、藤原保昌という武芸に秀でた貴族がいた。丹後守であった時には、一族郎等を連れて鹿狩りをするのを日課としていた。そんな保昌の郎等に、弓矢が

藤原保昌　武勇については、本書の91ページを参照。丹後守のほか、大

得意で、保昌の期待をけっして裏切らず、特に鹿を射ることに長けた頼もしい男がいた。

いつものように山野で狩りが予定されていた二日前の夜、男は夢を見た。その夢には死んだ母親が現れて、こう告げた。

「私は、生前に行った悪業のため、畜生道に堕ち、鹿となってこの山に住んでいます。聞くところによると、明後日狩りが行われ、私のいのちが奪われるらしいのです。多くの狩人に追いかけられても、なんとか逃れる自信はあるのだけれども、狩りの名人であるあなたの弓矢からは逃れることは難しいと思っています。そこで、あなたにお願いがあります。大きな女鹿（めじか）に出会ったら、その鹿は私です。だから射ないでほしいのです。私は、自ら進んであなたのそばに走り寄ろうと思うので、くれぐれもよろしく頼みますね」

と告げたところで夢から覚めた。心騒いでもの悲しくなった男は、翌朝、病気を理由に翌日の狩りに行けない旨を主人の丹後守に申し出る。しかし、守は当然のように取り合わなかった。それでも狩りに行けないと男が断るので、守は怒って、

「この狩りは、おまえが鹿を射るところを楽しむために行うのだ。そのおまえが

和守、摂津守を歴任した。

丹後守　丹後国（京都府北部）の長官。

一族郎等　家臣団のうち、親族の者が一族、血縁関係のない従者が郎等。

悪業　苦しみをもたらす因となる悪い行為。

畜生道　迷いの境涯を六道で表す中の苦しみ多い三悪道の一つ。ものの道理に冥い愚痴の者が赴く世界といわれる。他の五道は、「地獄」「餓鬼」を合わせた三悪道に、「修羅」「人」「天」を加える。これら六道の間で果てることなく生死を繰り返すさまを六道輪廻という。

参加しないというのなら、自分の首を差し出せ」と叱った。男は守への恐怖心から仰せに随うことにするが、夢のお告げを信じて母の鹿を射らないことを心に決め、狩りに出かけたのだった。

ところが、狩場に着いた男はさっそく七、八頭の鹿の群れを見つける。その中に大きな女鹿もいた。反射的に左手を伸ばし、弓を引いて鐙(あぶみ)を踏ん張り、すばやく矢を放った。日頃の習慣からなのだろう、一瞬の出来事だった。夢のことをすっかり忘れてしまっていたのだった。

矢は女鹿の右腹を貫き、射られた鹿は男の方を振り返り「痛い」と叫んだ。その顔はまぎれもなく母の顔だった。ハッと気づいた男だったが、手遅れである。悔い悲しむ心情があふれ出て、馬から崩れ落ちたかと思うと、弓矢を投げ捨て、その場で法師となったのであった。

守は驚き、男に理由を聞く。男は夢のことやその後の狩場の出来事まで、一部始終を話した。守もそれを聞いて男を無理やり参加させたことを後悔するが、今さらどうにもならなかった。

男は次の日、山寺に行き、その後ひたすら修行に励んで、貴い聖人となったと

夢のお告げ　亡き人が縁者の夢に出てきて、願いを伝えることが当時しばしばあり、また、そう信じられていた。

法師となった　武具を捨てて出家した。出家というのは、世俗生活を捨てたのであって人生そのものを捨てたのではない。むしろ人生に真摯に向き合う積極的生き方ともいえる。

いうことだ。

「母を殺す」のは、数ある悪業の中でも、特に罪の重い五逆罪の一つです。その重罪を犯す恐れがあると思いながら、まさにその瞬間、忘れてしまったのですから、情けないこと甚だしいと言えるかもしれません。しかし、その男のことを私たちが嘲笑することができるでしょうか。条件次第で同じような過ちを犯しかねないのが人間であるということ、またその結果が恐ろしいことになるという厳しい現実を、この話は私たちに語ってくれているのかもしれません。

親鸞聖人は、「煩悩に眼が妨げられて真実が見えない」私たちであることを述懐なさっています。しかし同時に、「そんな私たちを仏さまの大悲のお心は倦きることなく、光明となって常に照らしてくださっている」と味わっておられます（『正信偈』より大意）。そこに愚かな私たちが救われていく道を見出されたのです。

《善悪の見境がつかなくなって、殺めてしまった！》

母を殺める者がおれば、父を殺める者もいる

前話に続いて、残酷な話です。今度は母ではなく、父が犠牲者です。父を殺すのも五逆罪の一つですが、現代でも年老いた親を殺したり、反対に幼い子どもを親が殺す事件が後を絶ちません。感情的、発作的に犯行に及んだ事例も多いような印象です。

我欲にかられ、善悪もわきまえずに振る舞う人間がいかに多いかを思い知らされますが、ここで取り上げたのはそうした人間の醜さだけではありません。当時の常識が語られているからです。その常識とは、「夢で真実（真相）が語られる」ということです。

出雲寺（いずもでら）の別当浄覚（じょうかく）、父の成りし鯰肉を食ひて現報を得て忽ちに死ぬる語（巻二十・第三十四）

今は昔、上津（かむつ）出雲寺という寺があった。伝教大師（でんぎょうだいし）が一宗の本寺を建てる候補にもなったというすばらしい土地柄なのだが、そこに住む僧は乱行者が多く、古び

上津出雲寺　現在の京都市上京区にあったとされる寺。上御霊神社

た寺のお堂は修理する人もなく、崩れ傾いていた。

また代々の別当は妻子持ちで、現在の別当である浄覚も先代の子だった。その浄覚の夢に死んだ父が現れ、こう告げた。

「わしは仏の物を私物化した罪で大鯰(おおなまず)となり、寺の屋根瓦の下に棲んでおる。水が少ない上に狭く暗いので、苦しくてやりきれんのだ。明後日の午後二時頃、大風が吹いてお堂が倒れることがわかった。お堂が倒れればわしは地に落ち、子どもらに打ち殺されるだろう。そこでおまえは子どもに触れさせず、わしを桂川に持っていって放してほしい。そうすれば、わしは豊富な水に入って楽しむことができるというものだ」

浄覚は夢のことを妻に話したが、妻は「変わった夢ね」と言ったきり、別に気に留めることはなかった。

ところが二日後の正午頃、急にあたりが暗くなり強い風が吹き始めた。風は激しさを増し、村里の人家を吹き倒す勢いだった。そして午後二時頃、ついに寺のお堂が倒れてしまう。

柱が折れて棟が崩れ落ちたので、屋根裏に溜まった雨水の中の大きな魚たちが

の神宮寺。

伝教大師　天台宗の開祖である最澄のこと。

別当　寺務を統括する僧官。今の住職にあたる。

仏の物を私物化…　他者の物を自分の物として私有化すれば、五悪（十悪）の偸盗（盗み）にあたるが、仏さまのものを不正に用いることは、特に重い罪となった。そうした話は、後の96ページ以下で紹介。

庭に落ち、近所の者たちは桶を持ってきて摑み取ろうと大騒ぎになった。その中からひと抱えもある大鯰が這い出てきた。夢の内容と少しも違わなかったのだ。

しかし、浄覚は強欲で自分勝手な性格だったので夢のことはすっかり忘れ、大きな鯰を見つけてもうまそうだとしか思わなかった。自ら棒で打ち殺し、鎌でえらを切って縄を通し、自宅に持ち帰った。妻はその鯰を見て「夢に出てきた鯰でしょう。なぜ殺したの？」と不審がるが、浄覚は気にもせず、

「どうせ近所の子らに殺されるのなら、我が息子に殺され食べられた方が父も喜ぶだろうよ」

と勝手なことを言い、鍋で煮て食べてしまったのだった。

食べながら浄覚は、「なんとうまい肉だろう」と上機嫌である。しかし次の瞬間、大きな骨が喉にひっかかってしまう。いくら吐き出そうとしても取れず、ついに死んでしまったのだった。

「夢のお告げを信じず、日頃の貪欲さのためにこういう惨めな目に遭うのだ。きっと悪道に堕ちたに違いない」

人びとはそう言って浄覚を憎んだのであった。

当時の人びとには、仏教の因果応報の考え方が染み込んでいました。善い行いをすれば、いずれは善い結果となって報われ、悪いことをすれば、悪い結果となって表れる。それが人間の一生を単位としても通じていました。つまり「今の一生は多生(たしょう)の中の一生であり、善悪の行為次第で、次の生が天（神）にも畜生にもなる」という輪廻の生死観で生きていたのです。

次に「夢が真実を語る」という常識についても触れてみましょう。夢が人生の要を果たす例は、親鸞聖人にも当てはまります。法然聖人門下に入られるきっかけとなった六角堂の夢想は、その代表です。人生の選択を迫られた時、自分の判断や決意を後押ししてくれたのが、夢のお告げだったのです。人智を超えた真実のはたらきが、夢を通して語られたということでしょう。ところで現代人は、そうした人生の肝心かなめのときに自分がどうすべきか、また何を為すべきかの判断をどこに求め、どう受け取っているのでしょうか。かくいう私も、夢にそれを求めることはしておりませんが……。

《善悪の見境がつかなくなって、殺めてしまった!》

どんな不肖な子でも助けたいのが母親

「あの人さえいなければ幸せになれるのに……」

不幸の原因を特定の人物に丸投げする方はいませんか? 自分の生活や人生を妨げている原因を見つけ、それを排除すると問題が解決すると思うのはあまりにも短絡過ぎます。幸・不幸の原因はそんな単純なものではありません。

ここで紹介するのは、それよりももっとひどい例で、離ればなれになった妻に会いたいがために、母を殺して、妻のいる家に帰ろうとしたとんでもない男の話です。

吉志火麿(きしのひまろ)、母を殺さむと擬(ほっ)して現報を得る語

(巻二十・第三十三)

今は昔、武蔵国多摩郡(むさしのくにたまのこおり)に、吉志火丸という男がいた。火丸は上司が筑前国(ちくぜんのくに)に赴任するのに伴われることになり、母親が同行し、妻は武蔵国に留まって家を守ることとなった。

武蔵国多摩郡 現在の東京都の中・西部。国府があった。
筑前国 現在の福岡県の北西部。

赴任して三年が経った頃、妻を恋しく想う火丸は、

「わが妻と離れて久しくなってしまった。逢いたいのはやまやまだが、帰ることは許されない。いっそのこと母を殺して喪に服せば、本国に帰ることができるのではないか。そうすれば一年ほどは妻と一緒に暮らせるだろう」

と、身勝手な思いを抱くのだった。

火丸の母は慈悲深く、常々善を積むことに心がけている人だった。火丸はその母を、

「東の山寺で法華経の法会が開かれるから、お聴聞してはどうでしょう」

と誘った。母は願うところとばかりに喜んで、湯浴みして身を整え、火丸とともに山に入っていった。しかし、山中のどこを探しても法会を行っている寺は見当たらなかった。

人里遠く離れたところで、火丸は目を吊り上げて母を睨(にら)みつけた。息子の異様な顔に、母は「鬼が憑(つ)いたのか」と思うほどだった。火丸が刀を抜くと、母はとっさに跪(ひざまず)いて、

「樹木を植えるのは木の実を得、かつ木陰で憩うためでしょう。そのように子を

喪に服せば　服喪期間は一年。

山寺で法会…「姨母捨山」の話にも出てきた。お年寄りを誘い出す口実として使われていたことが想像できる。

鬼が憑いた　魔物、悪霊がとり憑いた。

養うのは、やがて子の力を得て生きていくためであるのに、あなたはなぜ心得違いをして、私を殺そうとするのですか？」

と諭した。それでもなお殺そうとするので、覚悟を決めた母は着ていた衣を脱ぎ、三カ所に置いて火丸に告げる。

「一つの衣は長男の火丸、おまえに与えます。一つは次の弟に、もう一つは末の弟に与えておくれ」

と遺言するが、火丸は聞く耳を持たず、まさに母の首に斬りかかろうとした。

その時だった。突然、地面が裂け、火丸がその穴に転落しそうになった。とっさに母は手を伸ばし、我が子の髪を掴んで天を仰ぎ、

「この子には鬼が憑いているだけで、本心からの行為ではありません。どうか天の神さま、許してあげてください」

と必死に叫び訴えた。しかし願いも虚しく、火丸は頭から抜けた髪毛だけを母の手に残し、底深く落ち入ってしまったのだった。

母は泣く泣く家に帰り、手にした息子の髪を箱に納めて仏さまの御前に置き、僧を招いて懇ろに法事を行った。母の心はまことに憐れみ深く、自分を殺そうと

衣を脱ぎ…　身に着けていたもの、特に衣服は、その人の心がこもっているとして、形見分けされた。

法事　ここでは息子の

した子を哀れんで、我が子が救われるようにと懸命に願いつつ、善根を修めるのであった。

これで知ることができただろう、親不孝の罪がいかに大きいかということを。懇ろに父母に孝養して、けっして不孝なことをしてはならないということだ。

ために追善供養の法要を行ったと解釈されている。

どんなに罪深いことをしても、我が子に寄り添おうとする親の心が身に沁みて、尊く感じられます。それは「悪人こそ救いのめあて」とし、本願をおこされた阿弥陀さまのお心に通じるものがあります。

もとより、仏教では「母を殺す」ことは五逆罪（ごぎゃくざい）といってもっとも重い罪の一つで、阿弥陀仏の本願（第十八願）にも「唯除五逆（ゆいじょごぎゃく）・誹謗正法（ひほうしょうぼう）」という言葉があります。これを「五逆罪を犯した者は（救いから）除く」と言葉通りに受けとられがちですが、阿弥陀さまの本心は「だめじゃないか！」と戒められつつ、その罪深い者にどこまでも寄り添いながら「（誰をも漏らさず）救いとってけっして捨てない」と現にはたらいておられるのでした。それがご本願なのです。

文中で「天の神さま」（原文は天道）は、子の悪業を許されなかったことになりますが、その子がたとえ地獄に落ちても、仏（阿弥陀）さまは救ってくださるのだ、という希望と確信が、母の行為から伝わってくるのではありませんか？

《善悪の見境がつかなくなって、殺めてしまった！》

保身のために、忠実な部下を殺した上司

会社や役所などの組織で働く人にとっては、この話は身につまされるかもしれません。権力を笠に着た、姑息で卑怯で残忍な人間がいたという話です。現代でいえば、究極のパワハラといったところでしょうか。そういう上司に遭遇した部下はたまったものではありません。ここで紹介する書記官のように、冷静で穏やかな振る舞いをすればなおのこと、上司である国守の悪辣非道さが際立ち、浮き彫りにされるというものです。

今も昔も、程度の差はあれ、立場を利用した暴力、虐待、いじめがあったということなのでしょう。自分ではどうすることもできない不条理な人生はつらく悲しいものです。

日向守(ひゅうがのかみ)、書生(しょしょう)を殺す語

（巻二十九・第二十六）

今は昔、日向国に何某(なにがし)という守がいた。任が終わり、次の守が来る前に引き継ぐべき文書等を細かく整理して書かせていた。その際に書生の中でも、特に優秀な者一人を呼んで一室に閉じ込め、任期中の自分に不都合な事柄を巧妙に改ざん

日向国 現在の宮崎県。
何某 姓名が欠字になっている。
書生 書記官。
改ざん 字句などを不

させ、自分に問題がなかったかのように書くように強要した。当の書生は自分の立場が危うく思われ、

「細工してものを書かせたことを、新任の守に私が語るのではないかと守は疑うことだろう。きっと悪いことが起きそうだ」

と感じて逃げ出そうと思った。しかし守は屈強な男四、五人に昼夜の別なく見張らせていたので、書生は外に出ることすらできなかった。

こうして二十日間ほどで文書が書き整えられた。守は書生に、

「よく尽くしてくれた。嬉しく思う」

と言って、褒美（ほうび）の品を取らせた。しかし書生が下がろうとした時に、守が側近の郎等（ろうとう）を呼んで何やらヒソヒソと語っているのを見て、胸が潰れそうな不安に襲われた。

案の定、守の話を聞き終えた郎等が出てきて、不安げな書生を呼び止めた。「静かなところで話そう」と、いきなり手下二人に書生の両腕を掴ませ、自分は弓矢を具して立った。書生が「私をどうしようというのです」と問うと、郎等は、

「とても心痛むことなのだが、上司の命令なのでいたしかたない。どこか人目の

当に改めなおすこと。ここでは「公文書改ざん」にあたる。

褒美　原文には絹四疋とある。

郎等　家来。従者。

付かないところで、粛々と行うしかないな……」

と答えた。書生は、

「そういうことなんですね。いくら抵抗しても無駄でしょうから何も申しませんが、ただ一つお願いがあります」

と言った。

「私には八十になる老母と、妻と十歳の男の子がいます。いま一度彼らの顔を見たいので、我が家の前まで連れて行ってくれませんか？」

と懇願した。郎等はうなずき、書生を馬に乗せて家まで連れていった。

家の前まで来ると、手下の者を呼びにやらせ、やがて手下に抱えられた母が門まで出てきた。男の子も妻に抱かれて現れた。近くまで寄ってきた母に書生は、

「少しも間違ったことはしていませんが、何かの因縁で命を取られることになりました。しかし、嘆き悲しまないでください。我が子については、おのずと誰かの子となって生きていってくれるでしょう。ただ、老いた母がこの先どんな思いで生きていくのかと思うと、それが何よりもつらいです」

と言った。郎等も、馬の手綱を持つ手下の者たちも泣いていた。息子の言葉を聞

因縁　原文では「宿世」とある。前世からの宿命ということか。しかし、固定化した宿命論、運命論は仏教ではとらない。

いた母は身を震わせ、気を失ってしまった。その後、家族と別れた書生は栗林の中に連れて行かれて殺され、郎等は首を守に届けたのだった。

それにしても、日向守はどんな罪を得たのだろうか。公文書を改ざんさせ、罪なき人を殺した罪は重い。この話を聞いた人たちは、誰もが守を憎んだのだった。

考えてみれば、保身で人を傷つけながら出世や富を得ても、虚しい人生ではないでしょうか？　この話は少なくとも一千年前の話です。それだけ長い年月をかけてもなお憎らしく思われ続ける守の人生は、とことん哀れなものです。それに対して、黙々とまじめに職務をはたそうとした書記官の人生の手ごたえ、そして不本意にも人生半ばで終えなければならなかった無念の思いへの同情と称讃は、今に生きる人の心に好感を持って残るというものです。

いのちの温もりと心の繋がりは死してもなお受け継がれていくということが、仏さまのまなざしを仰ぐと見えてきます。いのちの日、すなわち命日。故人の毎月の命日に法要を勤める習慣が昔はさかんでしたが、それが急激に少なくなってきています。自分のことしか目に入らない生活が当たり前になりつつある昨今、亡き家族の命日をご縁として、仏さまのいのちの繋がりをいま一度、かみしめる習慣を取り戻したいものです。

《他人のものを奪い取る罪》

立場を利用して私腹を肥やす守

格差社会が進んでいます。ごく一部の人が巨万の富を手に入れる一方、相当数の人が生活していくのが困難なほどの貧しさを強いられています。にもかかわらず「自分で稼いだ財産は自らの欲を満足させるために使えばよい」と思っている人が意外に多いのではないでしょうか。

ところが平安時代には、その財産を惜しげもなく仏さまに捧げて、自らの行為を懺悔し、後世（死後）の救済を願う人たちが大勢おられたのです。ということは、仏事が喜ばれ、御布施が尊ばれる一方、他人のものを横取りする強欲な人は大いにひんしゅくを買いました。ましてお供え物を奪って自分のものにするなんて、とんでもないことでした。

河内守、慳貪に依りて現報を感ずる語（巻二十・第三十六）

今は昔、河内国讃良郡の郡司の男は、仏教を深く信じ、後世が救われるようにと日頃から写仏や写経を行っていた。しかし、一度も本格的な法要を催したこと

河内国讃良郡 現在の大阪府東部の四條畷市、大東市あたり。

はなかった。そこで晩年、これまで蓄えてきた財産のすべてを費やし、講師も比叡山から名高い僧を迎えて、盛大な法要を行うことを決意した。

法要当日、村中から参拝者が訪れ、市を開いたような賑わいになった。施主の郡司は最前列に座り、今まさに法要が始まりかけていたその時、急に後ろが騒がしくなった。参拝者を押しのけて河内守がやってきたのだ。

聴聞衆の真ん中に座った守は、

「法要が行われると聞き、仏縁を結ぼうとやってきたのじゃ。早く始めよ」

と、手を擦り合せながら講師に催促した。促された講師は、教養も仏事の心得もある（はずの）国守（こくしゅ）が聞くとあって、ついお説教（法話）にも力が入った。

ところが始めてまもなく、河内守は「これで縁が結べた。疲れたので休む」と言って、郡司が講師のために用意した部屋にさっさと引き下がってしまった。郡司も立場上、国守に同行し世話をしなければならない身である。結局、郡司はあれほど楽しみにしていたお説教に遇えなくなってしまったのだった。

河内守は飲食の提供を受けた後、こう切り出す。

「あの講師は名高い僧だと聞いている。お布施に失礼があってはいけないので、

郡司　国の下にある郡を治める地方行政官。国守の下で役職を果たす立場。通常、その土地の有力者がなった。

法要を行う　自身が施主となって法要にかかる経費を負担して行った。

仏事　仏教の儀式、作法。

わしが見てやろう。用意したものを持ってくるように」

この言葉を厚意と受け取った郡司は、喜んでお布施の品々を持ってきた。それは精いっぱいの心が表われた絹布や綾の類の高級品ばかりだった。守は満足げに「よく揃えたのう」と言った後、

「おまえは金持ちなのだな。国にももっと捧げるべきである。この品々はわしが代わりにもらってやるから、これと同じ物をまた講師に用意せよ」

と言い放ち、お布施の品々を持って帰ってしまったのだ。

郡司は、はじめはわけがわからず口を開けていた。しばらくして、事の次第が飲み込めるにつれ、目から大粒の涙を落とし声を限りに泣き叫んだ。

その後、法要が台無しになったことや、親族が工面したわずかな品のお布施しか出せなかったことを講師に詫び、講師も施主を慰めたという。一方で、強欲のあまり仏さまの物を横取りした河内守は、その後ほどなくして死んだということだ。

絹布　24mもある八丈絹という高級な絹も含まれていた。
綾　斜めの模様のある絹織物。

欲に目がくらんで、人としてあるべき大切な心を見失うことの愚かさが痛感させられる話です。地位や立場を利用して私腹を肥やす人物は、今も昔もいるものです。

河内守が犯した悪業は、仏教の十悪で言えば、「偸盗（人の物を盗む）」「妄語（偽りの言葉）」「綺語（お世辞を言う）」「貪欲（むさぼり）」「邪見（道理にはずれた考え）」など複数にわたります。また、「憍慢（驕り高ぶり）」という言葉も浮かんできます。周囲に思いあたる人がいるかもしれませんね。

しかし、何よりも自分がそうなっていないか、省みることも大切です。昔の人たちはそうした自らが犯した恥ずかしい行為を、仏さまを仰ぐなかで知り、悔い改めようとしていました。この河内守の死は、悪因悪果、因果応報の「ついには酷いめに遭うのだ」という教訓めいた話になっています。それにしても郡司が憐れでなりません。

《他人のものを奪い取る罪》

生きるか死ぬか、体を張って生きてます！

道ばたで人が倒れていると、通りがかった人はまず近づいて様子を見て、動かなければ救急車を呼ぶ、というのがごく普通の対応でしょう。しかし繁華街などでは、へたに関わったら面倒なことに巻き込まれるかもしれないと、無視して通り過ぎる人も多いのではないでしょうか。確かにいろいろな人がいますので、用心するに越したことはないようです。特に見知らぬ人との関係は、不審と警戒から始まる、といっても過言でないのが現代社会です。

平安の昔も、やはり見知らぬ人との関係は慎重さが必要だったようです。

袴垂(はかまだれ)、関山(せきやま)において虚死(そらじに)して人を殺す語（巻二十九・第十九）

今は昔、袴垂という盗賊がいた。牢獄に入っていたのだが、大赦(たいしゃ)があって釈放された。特に行く当てがあるわけではないので、人が行き交う京(みやこ)はずれの関山に

大赦 恩赦の一種。めでたいことがあった際に、一部の罪人の刑を

行くことにした。その道ばたで、死人に見せかけるために裸となり、じっと動かずに臥せていたのだ。

やがて、道行く人たちが「死人」のそばに集まってきて、

「この人はどういう死に方をしたのだろう、疵一つ見当たらないのにねぇ……」

などと語り合い始めた。

そこへ、馬に乗り武具を整え、多くの家来を引き連れた武者がやってきた。人だかりを見て馬を止め、家来に様子を見に行かせたところ、「疵のない死人がいる」との報告を受けた。その途端に、武者は弓に手をやって身構え、「死人」を注視しながら馬を遠ざけ過ぎ去った。それを見ていた人たちは、手を叩いておもしろがり、

「大勢の家来を連れていながら、死人一人にビクビクするとは、大した武者だ」

とあざけり笑ったのだった。

その後、「死人」のそばに誰もいなくなった頃、また馬に乗り武具を背負った武者が通りかかった。今度は一人で、「死人」を見つけてどんどん近づき、

「可哀そうなことだ。疵もないのに死ぬとは」

許すこと。

関山　ここでは逢坂の関のこと。現在の京都と滋賀の境にあたる。

死人…裸　死体は裸で葬られることが多かった。

と言いながら、馬上から弓で無造作に「死体」を突いた。すると、いきなり「死人」は起き上がり、目の前の弓を取って武者を馬から引きずり降ろし、刀を奪って刺し殺したのだった。一瞬の出来事である。そして、武者の体から水干袴（すいかんばかま）を引きはがして裸の身に着け、武具を背負い、馬に乗ってすばやく東へと駆け出していった。

示し合せていたのだろうか。同じように裸になっていた者たちを供に従えた袴垂は、道行く人から次々と衣服や武具を奪って郎等たちに分け与えたので、あっという間に二、三十人の大盗賊団ができあがってしまった。

こういう連中は、少しでも付け入る隙があればこんなことをやってしまうのだ。それを知らずにうかつに近づいて殺された武者は、浅はかな愚者というべきだろう。それに引きかえ、警戒して去った最初の武者は賢明であった。その武者は平貞道（たいらのさだみち）だったということで、人びとはなるほどと納得したということだ。

水干袴　男子の平安装束の一種。主に下級官人の服として着られた。

郎等　従者、子分。

平貞道　頼光四天王の一人。武勇にすぐれ、大江山の酒呑童子退治で名を馳せた。碓井貞光とも。

当時、戸外に横たわった死体は裸であることが多かったので、裸で人が倒れていると死体だと思ったわけです。袴垂という盗賊の親玉は、その人びとの心理を巧みに利用したのでした。ということは、当時の人びとは、裸でも服を着ていても、人が倒れていると関心を示したということです。

しかし、今のように一一〇番や一一九番するというマニュアルがあったわけではありません。あくまで自分の判断がすべてでした。人の動きや周りの状況を見る目があるかないかが問われたのです。

それはそのまま、自分を見る目にもなります。盗賊が横行する中、もし見誤るといのちを落としかねませんから。仏さまに向き合って、自分の姿や力量を見ていた時代のことでした。

ところが、現代では人の安全や健康は、警察や病院、それに国や自治体など、社会が守ってくれるものと思う節もなきにしもあらずです。しかし、一番の基本は「自分の身は自分が守る」ということ。それは今も昔も変わりません。

《他人のものを奪い取る罪》

大盗賊も歯が立たない豪傑貴族がいた！

伝説的盗賊の袴垂にまつわる話をもう一つご紹介します。前話は死者を装い、油断して近づいた武者を殺して衣服と武具を奪った話でした。人や物事の状況をきちんと見定めなければ生きていけない、厳しい時代の一面を取り上げました。

今度は、その生きる術と貪欲さを併せ持った大盗賊の袴垂が震えあがるほどの大物武者が登場します。平安時代の武者といえば、どちらかというと荒くれ者で、貴族に仕える用心棒的存在です。しかしここに登場する武者はれっきとした貴族なのです。

藤原保昌朝臣（ふじわらのやすまさのあそん）、盗人の袴垂（はかまだれ）に値ふ語

（巻二十五・第七）

今は昔、袴垂という大盗賊がいた。剛胆で腕が立ち、頭も切れる類まれなる悪者で、多くの人から巧みに物を奪い取って暮らしていた。

初冬のある夜、衣服が欲しくなり、皆が寝静まった頃合いをみて大路に出た。すると、おぼろ月にほんのり照らされた夜道の先に、指貫（さしぬき）の袴に上質な絹の狩衣（かりぎぬ）を身に付け、笛を吹きながらあてもなさそうにゆったりと歩く人影が見えた。

「なんとまぁ、この人は俺に着物を与えるために現われたようなものだな」と、袴垂はうってつけの獲物を見つけた気分で大喜びだった。さっそく走り寄って襲おうと思ったのだが、近づくにつれ、どういうわけかその人物が恐ろしく感じられ、距離を縮めることができない。その状態のまま二、三町ほど進んだ。しかしその人物は、自分が付けられていると意識している様子が見られない。

「一つ、試してみよう」と、袴垂は足音を高くして近づくことにした。それでも、その人は笛を吹きながら落ち着き払っている。ちらっと振り向いたその様子は、とても襲えそうになく、ただ走り去るしかなかった。その後もあれこれと試みるが、微塵の隙も見せずに、さらに十町ほど進んだ。

「このままではどうしようもない」と思った袴垂は、意を決して刀を抜き襲いかかろうとした。そこでようやくその人物は笛を止め、初めて声を発した。

「おまえは何者か？」

指貫　貴族の普段着の袴。裾が紐でくくれるようになっている。
狩衣　平安時代以降の公家の普段着。もともとは平民の服であったが、時代を経るに従い、貴族の公服となった。
二、三町　二、三百メートルほど。一町は約一一〇メートル。

するとこれまでどんな恐ろしい鬼に遇ってもけっして怯むことのなかった袴垂は、ど肝を抜かれ、死ぬほど恐ろしいと感じて、跪いたのだった。あとはその御仁に促されるままに自分の名を言い、おいはぎであることなどを正直に話した。

ひと通り話し終えた袴垂に、御仁は、

「うわさには聞いておる。とんでもないやつだな。一緒についてこい」

と言って、再び笛を吹いて歩きはじめた。やがて大きな家に入りしばらくして出てきた御仁は、袴垂を呼んで厚い綿の衣を与え、

「今後も必要な物があるなら、いつでも言うがよい。見ず知らずの人を襲ったりすると痛い目に遭うぞ」

と諭したのだった。

その後、袴垂が捕らえられた時には

「あの人ほど恐ろしい人はいなかった」

と語ったそうだ。その御仁とは、前の摂津守藤原保昌というお方で、代々の武家ではないが、剛胆で腕が立ち、思慮・恩情も深く、世に豪傑としてよく知られた貴族だということだった。

鬼　『今昔物語集』では、しばしば登場するが、ここでは得体の知れない怪物、ぐらいの意。

御仁　他人の尊敬語。お方。おひと。原文では使われていないが、文脈上、わかりやすくするために使用した。

摂津守　現在の大阪府北部から兵庫県の南東部にかけてあった摂津国の長官。

藤原保昌は〝道長四天王〟と称された勇将の一人でした。当時の最高権力者・藤原道長の家司を務めたほか、才女の妻・和泉式部を連れて、国守として丹後国に赴任したこともあります。

それにしても、保昌の肝の据わり方が半端ではありませんね。貴族と言っても草食系ばかりでないことがわかります。また祇園祭の「保昌山」の主になっていることにも注目です。そのモチーフが、和泉式部に請われて警護の厳しい紫宸殿(ししんでん)の紅梅の一枝を手折って持ち帰ったというもので、その勇敢さが讃えられています。祇園祭は疫病退散を願うお祭りですので、保昌の勇猛ぶりが疫病神を懲らしめる効果あり、とされたのでしょう。

このように豪傑で名を馳せた保昌ですが、この話で見落としてならないのは、保昌が罪を重ねる者を罰するのではなく、その身を案じて諭している点です。仏教の慈悲心に通じるものがあります。

《他人のものを奪い取る罪》

死体置き場となった羅城門での出来事

仕事を失くした人、家庭が崩壊した人、人に裏切られて人間不信に陥った人、そのほか、さまざまな理由で人生に疲れた人たちは、どこに居場所を見つけるのでしょうか。

平安京の中央大通りである朱雀大路の南端に、平安中期まで巨大な建造物が聳(そび)え立っていました。芥川龍之介の小説『羅生門(らしょうもん)』で有名な羅城門(らじょうもん)です。京の内と外を分ける正面の門なのですが、時代が下がるにつれて荒廃し、あたりは怪しく不気味な雰囲気を漂わせて、いつしか居場所を失くした人たちが最後に辿り着く場、ついには死体の遺棄場所と化しました。

羅城門(らじょうもん)の上層に登りて死人を見たる盗人の語

（巻二十九・第十八）

今は昔、摂津国あたりから盗みをするために京へ上ってきた男がいた。

羅城門に着いた時はまだ明るく往来もあったので、人通りが絶えるまで門の陰

羅城門　平安京の正面

に隠れて待つことにした。しばらくすると、南から大勢の人たちがやってきたので、「見られるとまずい」と思い、男は上層階によじ登った。

門の上層階は暗闇の空間だったが、奥の方になぜか灯火が微かに燃えているのが見えた。不審に思った男が格子窓に近づいて中を覗くと、若い女性の死体が横たわっていて、その枕元に火が灯されていた。そばでは、ずいぶんと年老いた白髪(しらが)頭の老婆が、死人の髪をむしり取っているところだった。

異様な光景に男は動揺し、「この老婆は、もしや鬼ではないのか」と恐ろしくなったが、「もし死人が生き返ったところならば、脅かしてやろう」と思い直し、そっと戸を開けて中に入った。

「おまえは何をしているのだ！」

刀を抜き声を張り上げて走り寄ると、老婆はびっくりしておどおどと手を擦り合わせて命乞いをするばかりだった。その様子を見て、男は改めて、

「婆さん、こんなところで何をしているのだ」

と問い詰めた。すると、老婆は、

「この若い女性は、自分が仕えていたご主人じゃったが、亡くなられてしもうて、

入口の門。二度にわたって崩壊し、九八〇年以降、再建されなかった。

鬼 羅城門には鬼が棲むと思われていて、鬼は老婆の姿を取るとも考えられていた。

死人が生き返った ここでは人としての老婆が死から蘇生した、との意味で使われている。

手を擦り合わせ 懇願する時の動作。

葬礼を行う人もおらんので、こうしてここにお連れ申した。ご主人の御髪（みぐし）がとても長かったので、鬘（かつら）にして売ろうと思い、抜き取っておったところじゃ。どうか助けておくれ」

と必死に訴える。それを聞いて男は、死人が着ていた衣服と老婆の衣服、それに老婆が抜き取った髪をことごとく奪い取って門を降り、逃げ去ったのだった。

ところで、羅城門の上層には、死人の骸骨が多数あったという。亡くなった人を葬ることができなかった人たちが門まで運び、上層に放置したということだ。

鬘 添え髪。かもじ。短い髪や薄毛を補うために添え加える。

荒れ果てた羅城門の様子が伝わってきます。死に場所であり、また死体置き場ともなったのは、羅城門が京の内と外との境目であることから、この世とあの世との境界でもあるというイメージが重なったからでしょう。確かに、通常は人が寄り付くところではありませんでした。まして、夜になると魑魅魍魎（ちみもうりょう）が闊歩（かっぽ）すると思われていたのです。しかし私には、羅城門が人間のけっしてきれいごとではないありのままの姿を浮き彫りにし、人間社会の暗部を知らしめてくれるところだったように思います。

とりわけ上層階の遺骸は風葬を思わせるのですが、同時に、当時の人たちの葬ることのできなかった来世へのささやかな希望と願いがこめられているようで、手を合わせたい気持ちになります。

それを思うと、現代の直葬や墓じまいに見られる風潮が寂しく感じられます。

《仏さまのものを横取りする罪》

エリート僧が御布施を自分のものに……

現代にエリートといわれる職業があるとするなら官僚とか弁護士、医師といったところでしょうか？　僧侶を思い浮かべる人はまずおられないでしょう。しかし昔は、僧侶の社会的地位や知識層としての評価はかなりのものがあったようです。特に、日本を代表する東大寺の僧ともなれば、エリート僧だったのです。

しかし、僧侶も人間、修行一途に励んでばかりではありませんでした。怠け者がいたり、自分の欲のためにお布施を拝借したり、体裁を繕ったりする僧もいたことでしょう。では、現代のエリートたちは果たしてどうなのでしょうか。昔も今も変わりませんか！

東大寺の僧、山に於いて死にたる僧に値ふ語　（巻十九・第十九）

東大寺の僧がある日、仏に供える花を摘みに奥の山に入ったところ、道に迷っ

東大寺　奈良市にあり、

てしまった。谷間を夢心地に歩き、どこへ行くのか自分でもわからなくなった。不安が募る中、やがて瓦葺の長屋のような建物が現れた。よく見ると、いくつかの部屋に仕切られた僧房のようである。恐る恐る部屋を覗くと、以前に亡くなった僧がいて驚いた。

「なんと、あの僧は悪霊となってこんなところにいたのか」と思った矢先、その亡くなった僧が口を利き、

「あなたは、よくこんなところに来たものですね。簡単に来られるところではないのに……」

と言った後、「会えてうれしいですよ」と喜び涙を流した。迷い込んだ僧は不気味に思いながらも、知人の僧に出会った嬉しさと安堵で、自然と泣けてきた。すると、死んだ僧が道に迷った僧に言った。

「隠れたところから、私の受ける苦しみを覗いてみるとよいでしょう。私は寺にいた時、供養の品を無駄にし、気が進まない時にはお勤めもせず、仏の教えを学ぶことを怠っていました。その罪で一日一度、堪えがたい苦しみを受けることになってしまったのです。まもなくその苦しみの時間がきます」

七五二年に大仏開眼法要をした華厳宗総本山。総国分寺。鎮護国家の大寺院として栄えた。

僧房　僧侶の部屋。

谷間を夢心地に　異界に迷い込んだことを表現している。

悪霊　人に祟る死霊のこと。山中に、そうした悪霊が集まる冥界があるとされた。

一日一度　地獄の苦しみは、何度も延々と繰り返されるという。

死んだ僧はみるみるうちに顔色が変わり、苦悩に満ちた表情になっていった。

「早く部屋に隠れなさい！」

すばやく身を隠した道迷い僧が壁の穴から覗いていると、空から冥界の役人と思われる恐ろしい顔付きの者たちが次々と降りてきて、磔台（はりつけ）を設ける準備をはじめた。次に大きな釜に火を入れ、銅を溶かし始める。正面に腰かけた強面（こわもて）の上役三人が「早く連れてこい！」と恐ろしい声で怒鳴ると、使いの役人たちは手分けして僧房に入り十人ほどの僧を縄で縛って連れ出し、磔台に一人ずつ張りつけていった。続いて、僧たちの口を金属製の箸で強引にこじ開け、鉄の壺に入れたドロドロの銅を注ぎこむと、しばらくしてお尻から溶けた火の塊が流れ出てくる。目や耳や鼻からは炎が噴き出し、関節からは煙が燻（くすぶ）り出てきた。僧たちが涙を流して叫ぶ声が悲しく響きわたる。

その様子を見ていた道迷い僧は、生きた心地がしなかった。ただただ恐ろしくて、全身を衣で覆って地に臥せ、震えるばかりだった。

一連の営みが終わって冥界の役人たちが去ると、先ほどの死んだ僧が現れ、

「寺にいた時、信者からの尊いお布施を自分のために使って償うことをしなかっ

冥界　六道のうち三悪道である地獄・餓鬼・畜生、特に地獄をいう。

たために、こうした苦しみを受けることになったのです」

と告白したのだった。

迷い込んでいた僧はその後、無事に東大寺に帰ることができた。この体験から、本来なら自分もこうした苦しみを受けるところだったが、仏のお助けで知らせてくださったのだと思い、以後、寺への布施を自分のためには用いず、以前に受けた布施で自分のために使ったものについては仏に告白、反省して、尊い聖人になろうと心に決め、熱心に修行に励んだという。

仏のお助けで 恐怖体験が僧の自覚を高める結果となり、それを仏への感謝の念で表した。

僧侶である私には他人事と思えず、身につまされる思いがしました。

ところで、地獄に堕ちた僧が犯した「偸盗」ですが、仏さまの物を盗むということの罪深さが『今昔物語集』では随所に語られています。それは、僧に対する信頼感が高かったことの反証ともいえるでしょう。僧の裏切り行為に対する人びとの厳しい目が僧の質を高め、より本来の仏教心の発揮につながっていったかもしれません。『今昔物語集』の頃は、ちょうど仏教が貴族に留まらず、広く民衆に伝わり浸透していった時代でした。

ところで、現代の公的機関や大会社に関わる人たちはどうでしょうか？ 利権を使って、巨額の大金を個人の懐にポッケナイナイする疑惑が、次々と明るみに出てきているようですが……。

《仏さまのものを横取りする罪》

自分たちだけがいい目にあおうとすると……

ボランティア活動がさかんに行われるようになりました。喜ばしいことですが、中にはボランティアを騙(かた)って、被害に遭われたお宅を訪問し、家屋の修理や家財道具の整理を引き受けるようなことを言いながら、逆に高額な費用を要求したり金目の物を盗み去る、という人もいるようです。他に、電話やメール、SNSを使った詐欺や手前勝手な犯罪が多発し、我欲がますます増しているように思います。

しかし、自分に都合よく、独り占めしようとすると、こんな風になるのでしょうか？

仏物(ぶつもつ)の餅(もちい)をもって酒を造り、蛇(へみ)を見る語

（巻十九・第二十一）

今は昔、比叡山で修行していた僧がいた。

大した成果も上げられなかったので、故郷の摂津国に帰って妻を娶(めと)り、在俗の

比叡山　天台宗の総本山、延暦寺のこと。京都市左京区と大津市にま

生活をすることにした。一応、僧であることから村人の法事や村の法会に呼ばれることも多くあり、仏事には欠くことのできない存在となった。比叡山にいた僧からすれば、地方の村での法要や経典を説き教える講師は、格別な才能や知識がなくても容易に務めることができたのだ。

正月の修正会では決まってこの僧が導師となったので、お供養の餅もたくさん得ることができた。お下がりの餅は、本来ならば参拝者などの縁ある人びとに分け与えるべきものだが、僧の妻は、

「無駄に子どもや使用人に食べさせるよりは、しばらく置いておいて、固くなったら細かく割って酒にすればいいわね」

と言い出し、夫も同意して酒造りを始めた。

時が経ち、酒ができあがった頃合いを見て、妻が酒壺の蓋を開けて覗くと、何かが動いたようだった。灯火で照らして見ると、なんと大小の蛇が鎌首をもたげて、うごめき合っているではないか。妻はビックリしてその場から逃げ去り、そのことを夫に告げた。

「信じがたいことだ。おまえの見間違いではないのか？」

たがる比叡山上にある。
摂津国　現在の大阪府北部と兵庫県南東部にあった旧国。
法会　僧俗が集まって仏教を説き聞く会合。
仏事　法要などの仏教儀礼やその作法。
講師　法会で経典を講説する僧。
修正会　年の初めに行われる法会。
導師　法要・仏事で中心となる僧。儀式・勤行で一座の人びとを導く者。講師とほぼ同じ。

と僧は訝しく思いながらも壺に近づき、灯火を壺の中に入れてじっくり観察したところ、やはり多くの蛇がうごめいていたのだった。恐ろしくなった夫妻は結局、壺ごと遠くに捨てることにし、広い野原があるところまで運んで、こっそりと捨てて帰ってきた。

その後、捨てられた壺のそばを三人組の男たちが通った。壺に気づいた一人が近寄って蓋を開けてみると、なんとも芳しい酒の香りがする。二人の男も近づき、ともに中を覗いて確かめてみると、確かに壺いっぱいに酒が入っていた。

初めの一人が「呑んでみたい」と言うと、ほかの二人は、

「捨ててある酒だ。何かわけがあるのだろう。危険だからよせ」

と止めた。しかし酒好きな男は止められるとますます呑みたくなり、

「命を落としても俺は呑むぞ」

と、腰に付けた具を取り出して呑んでみると、これがまた絶品。三杯続けて呑んだところで、あとの二人も我慢できなくなり、

「一人死ぬのも、二人死ぬのも同じこと」

と勝手な理屈をつけて呑みはじめた。あまりにもおいしい酒だったので壺ごと持

具　杯の類だろう。酒好きというから常時も ち歩いていたのか。

一人死ぬのも…　初めは用心していたが、態度が一気に大胆になっている。

ち帰り、何日にもわたって皆で呑み続けたのだった。もちろん、三人に何事も起こらなかった。

一方の僧は、

「仏さまのものを取り集めて人にも与えず、邪(よこしま)な心で酒を造ったために、その罪の深さから蛇となったのだ」

と気づいて後悔し、恥じていた。やがて噂で、三人の男が壺の中の酒をおいしくいただいたことを聞くにつけ、「罪を犯した私たちには蛇がいるように見えたのだ」とわかり、なおも恥じ入った。

そこで思うのは、仏さまからの賜りものを人に与えず、自己の欲のために誤って用いることの罪は極めて重い、ということである。

仏さまのもの　仏への供物（仏物）。

この話は、私たちに自分の利益だけを求めることの醜さを語ってくれています。仏教では、そういう邪（よこしま）な考えを「邪見（じゃけん）」といい、戒めています。つまり、皆で分け合うことこそ、仏さまの願いであり、自分も人も幸せになれる道だということです。

とはいうものの、「欲しいものは自分が独占したい」と思うのも人間。期間限定、品数限定の人気商品には大勢の人が殺到し、奪い合いの戦場になったりします。子どもの兄弟に、同じようにおやつを分け与えても「お兄ちゃんの方が大きい！」と弟が言い出してケンカになることが少なくありません。そういう自分さえよければ、という心が「餓鬼（がき）」という煩悩です。子どもは正直なので、人間の持つ餓鬼の心がそのまま出るのでしょう。子どもを「ガキ」と呼ぶのはそこから来ています。

でも、結局、子どもも大人もそんなに違いはありませんよね。

《妬み嫉み腹立ち、死ぬまで消えず絶えず…》
目の上のたんこぶは取り除きたい⁉

どんな組織でも、トップの人物がいつまでも元気でその席に居座り続けていると、ナンバー2は焦ることでしょう。自分もだんだんと年を取り、順番が回ってくる前に逝ってしまうかもしれないと思うと、居ても立ってもいられない気持ちになることだってあり得ます。しかし現実はやはり、なかなか思うようにならないのがこの娑婆世界です。努力や才能、あるいは策略を巡らしてもトップになれるとは限りません。そんなナンバー2だった僧の悲喜劇です。

金峰山(みたけ)の別当、毒茸を食ひて酔はぬ語（巻二十八・第十八）

今は昔、金峰山の別当を務める老僧がいた。

別当は伝統的に山内(さんない)寺院の中で最長老の僧が就くことになっていた。とはいうものの、今の別当が長年生き続けているために、職の順番がなかなか回らない。

金峰山　奈良県吉野山にある山内寺院の総称。全山が修験道場の山岳仏教の聖地。
別当　一山の寺院を統括する職。

次に年老いた僧は「今の別当には早く死んでもらいたいものだ。死ねば私が別当になれるのに……」と切実に思うのだった。

ところが当の別当は、極めて壮健で死にそうにない。そこで次の老僧は、「私もすでに七十歳になった。この調子では、別当になる前に死にかねない。ならば、今の別当をいっそのこと殺してしまおう。打ち殺せばすぐにわかるから、毒茸を食べさせて殺そう」と心に決めた。

「仏さまを思うと、我が事ながら恐ろしいが、他に方法がない」と勝手な言い訳をして、どの毒茸がよいか思案を巡らせる。思いついたのが和太利（わたり）という平茸に似た毒茸だった。人が食べれば必ず中毒を起こし、死んでしまうという猛毒の茸だ。「おいしく料理し平茸と言って出せば、必ず食べて死ぬだろう」と考えた。

季節は秋、供の者も連れず一人で山に入った。多くの和太利を採り、自坊に戻って鍋で炒め、おいしそうに仕上げることができた。翌朝、別当を食事に誘った。

誘われるままにいそいそとやってきた別当に老僧は、

「昨日、みごとな平茸をいただいたので、炒めて調理し、ご一緒に食べようと思った次第です。年を取るとご馳走が食べたいですからね」

和太利　キシメジ科のツキヨタケが平茸に似た毒茸だが、激しい下痢、嘔吐、腹痛はあるものの、死に至ることはないと今は考えられている。

と語りかけると、別当も頷きながら喜んで和太利を食べ始めた。次の老僧はもちろん、別に用意していた平茸を食べた。

やがて食事が終わる頃になり、「そろそろ頭が痛くなり吐き散らすだろう」と固唾を飲んで見つめていたが、当の別当はいっこうにその兆しを現さない。それどころか、歯のない口で微笑んで

「長年生きてきて、こんなに美味しい〝和太利〟を食べたことがなかったわい」と感激して語ったので、老僧は「和太利と知っていて食べたのか！」とびっくりした。と同時に、哀れで愚かな自分が恥ずかしくなって奥に引っ込んでしまった。

なんとこの別当、毒茸の和太利を食べていたにもかかわらず、中毒を起こさない特異な体質だったのだ。それを知らずに企んだ次の老僧の完全な敗北だった。毒茸に当たらない人もいるということだ。

哀れで愚か　企んだことが全く当てはずれに終わり、逆に喜ばせてしまったというショックも加わって、自らの行為の愚かさが身に沁みたのだろう。

次の老僧の考えたこと、行ったことが失敗に終ったことで、この話は笑いばなしのようになりました。

しかし、その企みが筋書き通りに運ぶ可能性は高かったわけで、そうすると、次の老僧の行動から見えてくるものがあります。たとえば、喉から手が出るほど欲しいものがあって、それに執着すればするほど、周りの状況や人の心が見えなくなり、正常な判断ができなくなるということです。何が大切なのかが見えなくなり、人を傷つけ、周りを心配させる結果となります。

現代社会でも、何かに執着することで、いじめ、虐待などの暴力、陰謀による追い落しから、金銭を使った買収など、枚挙に暇(いとま)がないほどの問題行動が起きています。「邪見・憍慢の悪衆生」(「正信偈」)と親鸞聖人が見抜かれた私たちの醜くお粗末な姿が、今もいたるところで見られるのではありませんか?

もう一つ、次の老僧の生きざまから四苦八苦の一つ「求不得苦(ぐふとくく)」を思い起こしました。人生、何歳になっても〝求めても得られず苦悩する〟ということです。

《妬み嫉み腹立ち、死ぬまで消えず絶えず……》

ライバルの活躍に自尊心が傷つけられて

優秀で才能があり、努力も惜しまず、社会貢献したいと思っている人がいたとします。ところが、その人のごく近くにいる他の誰かが、努力もろくにしない（ように見える）のに皆からもてはやされ、どんどんと自分を追い越し、気がつけば、手の届かない高みに達していたとすれば、その人の自尊心は傷つき、心穏やかではいられないでしょう。単なるライバルであれば、お互いに高め合えますが、次元が違えば悲しいかな競争になりません。そんな人間関係で屈折した心を浮き彫りにした話です。

行基菩薩（ぎょうきぼさつ）、仏法を学びて人を導ける語（巻十一・第二）から「智光（ちこう）の妬み」

今は昔、行基菩薩という聖人がおられた。（略）

行基は慈悲の心が深く、人を押しなべて愛しく思う心は仏のようだった。

行基　七世紀後半から八世紀前半の僧。各地を遊行し、民衆教化する一方、社会事業にも貢献した。晩年、大僧正に任ぜられ、東大寺大仏勧進に尽力した。
聖人　徳の高い僧。
慈悲　衆生を慈しみあわれむ。

ある時、行基が諸国を修行して本国に帰る途中の池で、多くの人が魚を採っていた。若い男らが修行姿の行基を見て、戯れに魚の膾（なます）を行基に与えた。

「これをお食べください」

行基はその場で食し、しばらくすると何物かが行基の口から吐き出た。膾が生きた小魚となって、悉く池に飛び込んだのだ。これを見た若者らは驚き恐れて、

「これほど貴い聖人とは知らず、我らは軽んじ慢（あなど）った」と悔い反省した。そんな話の数々を聞かれた天皇も行基を敬い帰依されて、一気に大僧正（だいそうじょう）に任ぜられたのだった。

その時、元興寺（がんごうじ）の僧で優れた学僧である智光という人がいた。

「我は知恵の深い大僧（だいそう）である。行基は知恵の浅い小僧（しょうそう）ではないか。なのに、どうしてお上は我を捨て、彼を賞せられるのだろうか」

自尊心を害（そこな）われた智光はお上を恨み奉り、山寺に隠れた後、病となり死んでしまう。しかし葬られることなく寺の坊舎に安置されたままになっていたところ、十日経って蘇り、弟子たちに泣きながら次のように語った。

本国　ふるさと。行基は今の大阪府堺市出身。

膾　生肉を細かく切ったもの。僧が食することは殺生戒で禁じられていた。

大僧正　僧の位で最高位。行基が初めて任ぜられた。

元興寺　奈良市にある寺。南都七大寺の一つ。三論法相の教学がさかんだった。

智光　奈良時代の僧。元興寺で三論宗を学ぶ。阿弥陀仏の浄土を描いた「智光曼荼羅」で有名（199ページに詳説）。

我は閻魔王の使者に捕らわれて行く途中、道沿いに金で造られた宮殿があった。高く大きく聳えて光り輝いておった。「これは何か」と使者に訊くと、「これは行基菩薩の生まれられるところだ」と答えた。また行くと、遠くに煙火が空に満ち、猛々しく恐ろしい光景が見えた。「あれは何か」と問うと、使者は「おまえが堕ちていく地獄だ」と言った。

やがて閻魔王のところに着くと、大王は我を叱っておっしゃった。

「汝、人間世界の日本国において、行基菩薩を妬み憎しみ謗ったな！　その懲罰のためにここに召したのだ」

そう閻魔王に言われた後、赤く熱せられた銅の柱に抱きつかされ、肉と骨が溶け蕩けて、堪え難い苦痛を味わわされた。その罪が赦されて、今、蘇生してきたのだ。

智光は、改めて自分の犯した罪を謝ろうと、行基菩薩のところに出向いた。その頃、行基は摂津国の難波江に橋を造り、江を掘って、船着き場を造っているところであった。

暗黙のうちに智光の心を知った行基は、その姿を見るなり笑みを浮かべて迎え

閻魔王　人間の死後、生前の善悪を審判・懲罰するという冥界の総取締役で、地獄の主神でもある。

菩薩　仏果（さとり）への道を歩む慈悲の実践者。

熱せられた銅の柱…地獄の責め苦のつらさを表現。98ページにも地獄の様子が描かれている。

蘇生して　蘇生後の智光の言動に注目。「生まれ変わり」のかたちが見えてくる。

られた。智光は杖に寄り掛かりながらも礼拝恭敬し、涙を流して詫びたのだった。

『今昔物語集』ではその後があります。前の世において行基がある家の幼い娘であった頃、智光がその家の下童（しもわらわ）（雑事に召し使われていた子ども）として仕えていたという話です。その下童が僧になるために家を出る時に、娘は袴を縫い与えて見送ったそうです。やがて成長した下童が立派な僧となり、あるところで講師を勤めた折りに、娘が新米の僧となって現れて論議を仕掛けたところ、講師は（恩も忘れて）、一流の僧に対して生意気なことを言うやつだと腹を立てた、と語っています。そうした智光の見下した心、怒りの心も行基に謝るべき内容だったということです。

そのことで思い浮かんだのは親鸞聖人の『一念多念文意（いちねんたねんもんい）』に著された次の文言です。「欲も多く、怒り、腹立ち、嫉み、妬む心が多く、しかも途切れることなく息をひきとる瞬間まで止まらず、消えず、絶えない…（大意）」と、私たち凡夫の本性を明らかにされていたのです。

それは裏を返せば、うぬぼれず、驕らず、卑下せず、何人に対しても思いやりの心で接することが大切だということであり、それはすなわち仏さまの心といえるでしょう。

第三章　「持ちつ持たれつ、思いやりの精神」

《思わぬ助け舟が現れて》

人びとの温かな心が網の目のように伝わる

今でも、苦境のどん底に陥った時や、災害や事故で無残な光景を目のあたりにした時などには「地獄」という言葉を使い、苦しみの極みを表現します。

平安時代の源信僧都（げんしんそうず）著『往生要集（おうじょうようしゅう）』には地獄の恐ろしさが説かれていますが、当時の人びとにとって、死後に地獄からいかに逃れるかは切実な問題でした。というのも、仏教の因果応報の考え方から、地獄は多くの人が死後に赴く身近な世界であり、その苦しみは繰り返し延々と続く堪え難きものと考えられていたのです。

越中国（えっちゅうのくに）の書生の妻、死にて立山（たてやま）の地獄に堕ちたる語

（巻十四・第八）

今は昔、越中国の国府に勤める書生の男がいた。男には妻と三人の息子がいたが、妻が急に病になり、数日後に死んでしまった。

越中国　現在の富山県
国府　今でいう都道府県庁。
書生　書記官。

夫も息子たちも泣き悲しんで、妻の後世を訪い懇ろに仏事を催した。しかし、四十九日を過ぎても悲しみは癒えず、父子は、

「我が母がたとえどんなところに生まれていようとも、そこを訪ねて、会ってみたい」

などと語り合った。

ところで、この国に立山という山があった。人が容易には行けない深く険しい山で、地獄のような熱湯が吹き出す谷間もあった。息子たち三人は話し合って、その立山の地獄に足を踏み入れ、母のことをいろいろと思い感じてみようということになった。

僧を伴って燃えたぎる地獄の各所を巡っていると、ひときわ堪え難い地獄があった。僧が経を読み、錫杖を振り鎮めると、少し焔は和らいだ。その時、姿は見えないのに、岩の間から恋焦がれていたあの母の声で「太郎」と、長男を呼ぶ声が聞こえてきた。突然のことで、聞き違いかもしれないと思ったが、さらに呼ぶ声を聞くと紛れもなく母の声であった。母は、

「前の世で、人に物を与えることをしなかった罪で、今は地獄に堕ち、はかり知

仏事　ここでは七日ごとの中陰法要。
四十九日　いわゆる満中陰。

立山　北アルプスの立山連峰をさすが、特に雄山（標高三〇〇三m）を阿弥陀仏の極楽浄土に、また室堂平の地獄谷を地獄に見立てた山岳信仰がさかんだった。

錫杖　僧や修験者が持つ杖。頭部は錫で作られ、鐶と呼ばれる輪がかけられている。

物を与えなかった罪　貪欲にあたる。子を育てる母が、この罪を負うことになる。

れない苦しみをひと時も休むことなく受けている」

と告げた。息子たちはすぐには信じられなかったが、母の声に違いなく、疑うべきではないと思い、

「どうすれば、母を苦しみから救うことができますか？」

と尋ねると、岩間の声は、

「とても罪深いので、広大な善根を積まなければこの苦は逃れることができない。あなたたちの力では、どれほどの年月をかけて善根を積んでも無理だわ。一日に『法華経』を千部書写して供養してくれないと、地獄の苦しみからは逃れられないの」

と言った。息子たちは、「一日に『法華経』を一部さえ書写することができないのに、千部とは想像もできない」と無念の思いで泣く泣く家に帰り、事の次第を父に報告した。

すると父は、

「千部が無理にしても、自分たちでできる限りの力を出して書写を試みようではないか」

法華経　代表的な大乗経典の一つ。鳩摩羅什（くまらじゅう）訳のものは八巻二十八品あり、それをすべて書写するには多くの時間を要する。

書写供養　経典を読誦したり、書写する行為は供養とされ、それによって積まれた善根功徳を縁者に振り向ける追善回向が行われていた。

と提案し、さっそく実行に移した。

もちろん、財力も人数も足りない書生一家に千部書写は不可能だったが、書生が家族一丸となって亡き妻のために『法華経』を書写していることを、国司が知り、慈しみの心を起こして協力した。そればかりか、近隣の国々にも協力を要請し、それらの国司たちが心を合わせて写経に取り組んでくれたおかげで、ついに千部の書写供養が実現した。

その後、太郎の夢に母が現れ、その功徳で地獄を離れて天に昇ったということがわかり、皆で喜び貴んだということだ。

国司　京（朝廷）から諸国に赴任した地方官。守（長官）、介（次官）以下の官吏がいたが、ここでは、上官である守か介の人物をさしている。

天に昇った　ひとまず苦しみから逃れたということ。天でも仏道を歩んで、遠い将来、仏のさとりを得ようとの考え方が背景にある。自力聖道門の道であり、浄土真宗の他力浄土門の味わいとは異なる考え方。

ということです。この『盂蘭盆経』の目連尊者の話とお盆の由来になった重なってきます。餓鬼道に堕ちた母を救う話ですが、母というのは、時には他者を押しのけてでも我が子を優先しようとしてしまうという「原罪」のようなものを示唆しています。その母が背負った苦を、家族だけでなく、大勢の人たちが協力し合って救ったという点に当時の人びとの切実さが感じられ、またその温かな思いやりに心が打たれます。持ちつ持たれつの精神が大きな力となったのです。

もう一点興味深いことは、「地獄を超えたところに極楽浄土がある」という思いが人びとの心にあったことです。現に、立山の地獄を越えると浄土山（じょうどさん）があり、立山の中心、雄山山頂には本地仏の阿弥陀仏がおられたのです。苦の自覚と楽への憧憬は生きる方向を定めてくれます。

《思わぬ助け舟が現れて》

極楽往生の願いを皆の力で果たした聖人

今、高齢者の関心は「いかに人生の終焉を迎えるか」に向けられています。つまり、人生の終わり方を気にされるのですが、しかし「死後の生き方」に心を向ける人は少ないようです。

昔のお年寄りの心には、「死後の世界」がありました。前話でも触れましたが、「地獄に堕ちる」とか「浄土に生まれる」とか、いわゆる死生観があったのです。「まだお迎えが来ない」という言葉を、私はお年寄りからよく聞かされました。「迎えに来る」とは、極楽浄土に救い取るために阿弥陀仏が「来られる」ことで、そこには死とともに希望がありました。

丹後国の迎講を始めたる聖人、往生せる語（巻十五・第二十三）

今は昔、丹後国に聖人がいて、阿弥陀仏の極楽に往生したいと願う人は多いが、この聖人はとりわけ強く願っていた。ある年の大晦日、聖人は「今日の内に必ず

丹後国　現在の京都府北部。
聖人　一般に徳の高い僧の敬称だが、民間に入って仏教を弘める聖や一途に仏道修行する僧を呼ぶこともある。
極楽　阿弥陀仏の浄土を極楽浄土という。

来なさい」と書いた手紙を自身に仕える小僧（こぞう）に渡し、

「夜が明ける前に、この手紙を持って坊舎の戸を叩きなさい。私が『どなたですか？』と問えば『極楽から阿弥陀仏のお使いで来ました。この文をどうぞ……』と差し出すのだ」

と命じて、床に就いた。

小僧は言われた通り夜明け前に戸を叩くと、聖人は喜びのあまりころげるようにして戸口に出て、

「何ごとですか？」

と言いながら手紙を受け取り、その内容を見てさらに体を投げ出すようにして喜び、涙にむせんだ。そういうことを毎年行っていた。

やがて、大江清定（おおえのきよさだ）という人が国守として赴任してきた。清定はこの聖人を尊び帰依したので、聖人はチャンスとばかり協力を要請した。

「迎講という法会を始めたいと思っているのですが、私一人ではできません。お力添えいただけますか？」

と願い出ると、清定は「お安い御用です」と即答し、土地の有力者に声をかけて

大江清定　永承三（一〇四八）年に丹後守で在任していた記録がある。

迎講　阿弥陀仏の来迎するさまを演じる法会。迎接会（ごうしょうえ）、来迎会（らいごうえ）、練供養（ねりくよう）ともいう。

寄付を募ったり、京から舞人楽人（まいびとがくにん）を呼ぶなどして力を貸した。

聖人は大いに喜んで、

「この迎講で、極楽からお迎えが必ず来ると思っています。その時に我が命を終えたいのです」

と告白しますが、守はもちろん「そううまくいきますかね……」と半信半疑だ。

迎講の日がやってきた。

法会は趣深く始まる。聖人は香を炊いて娑婆（現世）の座におり、浄土の座から阿弥陀仏が静々と近づいて来られる。仏に随（したが）う観音菩薩は紫金（しこん）の蓮台（れんだい）を捧げ、勢至菩薩（せいしぼさつ）は天蓋（てんがい）を掲げ、楽を奉じる菩薩方が見事な演奏で続く。

この間、聖人は涙を流して見入っている様子だったが、観音菩薩が蓮台を差し出してもじっとして動かない。周りの人びとは「聖人は貴さに感じ入っているのだろう」と思ったが、この時、すでに息絶えていたのだろう。阿弥陀仏が向きを変えて帰ろうとされても、聖人に何の反応もなく、そこでようやく異変を感じた弟子たちが駆け寄ると、すでに体の硬直が始まっていた。

周りの誰もが「聖人はお迎えのまさにその時に極楽往生したのだ」と思い、感

娑婆の座　迎講の会場にこの世を表す空間として設けられた座（場所）。

仏に随う　観音、勢至両菩薩が先導される中、諸菩薩や天人ら聖衆（しょうじゅ）が随順し、臨終の人を迎えに来るとされ、法会では、それぞれの役を人間が面をかぶるなどして演じた。

動の涙を流した。ふだんから仏さまを仰ぎ、来迎を願い続けていた聖人のことだ、お望み通り、迎講の時に往生したことに疑う余地はない、と人びとは声を上げて喜び、貴んだということだ。

皆の協力によって実現した迎講は、浄土教の発展とともに広く行われるようになりました。その迎講はどちらかというと現世よりは来世（死後）の幸福を願う印象が強いように思われます。それは、今のように自らの人生を自由に選択できる余地がほとんどなかったからでしょう。生きること自体が大変であり、死は常に身近なところにあったのです。

それに対して、現代は生きているのが当たり前で、死は人生から遠のいてしまいました。しかしいくら遠くに感じていても、死は確実にわが身に起こります。その時に襲われる死への不安や絶望は、昔も今も変わらないでしょう。このたびのコロナ禍で気づいたという方もおられるかもしれませんね。その死をしっかりと受け止めて乗り超えた時、今も将来も堂々と生き抜くことができる道が開けるというのが仏教です。それを「生死(しょうじ)を超える」といいます。「浄土往生」も実は、死ぬときのことではなく、生きても死んでも大丈夫！　といえる生き方に導いてくださる生死を超える道なのです。

《思わぬ助け舟が現れて》

生贄の悪習を絶ちたいけれど……

プレゼントは感謝の気持ちとか、好意を伝える手段として使われてきました。バレンタインや誕生日のプレゼント、またお歳暮やお中元もそうでしょう。義理チョコなどの形だけの場合もあるでしょうが、やはり本来は相手に対して自分が持っている好意的な気持ちを伝えるのが第一です。

神仏へのお供えも同じです。さまざまな恩恵を感じて敬いの心から捧げるものであり、見返りを求めれば賄賂になりますし、嫌なのに強制的に行われると、脅迫やいじめになってしまいます。昔は生贄、特に生身の人間を捧げる人身御供の悪習も行われていました。

美作国の神、猟師の謀に依りて生贄を止むる語（巻二十六・第七）

今は昔、美作国に中参という猿の神がいた。毎年の祭には、村の未婚の娘をそ

美作国 現在の岡山県北部。
中参 猿の神。山神・田の神と考えられる。岡山県津山市にある中山神社の摂社に猿神社が現存。

の神に捧げるのが習わしになっていて、祭の日に、次の年の生贄になる娘を決めていた。来年捧げられるのは十六、七歳の可愛いらしい少女だった。生贄に決まった子とその親は、悲しくてたまらず、泣き暮らす日々が続くことになった。

そんな折、東国から勇猛な猟師が村にやってきた。用事で娘の家を訪ねた猟師は、垢抜けて気品がある色白の少女が沈んだ顔で、髪の乱れるままに泣き横たわっているのを見て事情を知り、気の毒でいたたまれなくなった。父親が、

「娘が生贄になる日が近づくにつれ、悲しさで胸が潰れそうだ」

と嘆くと、猟師は、

「いのちに勝るものはないはずです。また子に勝る宝もない。親父さん、死ぬ気になりましょうや。どうせ死ぬ娘御なら、私の嫁にください。私は、娘御の代わりになって死にましょう。対策はあるのです」

と申し出たのだった。

父親は、猟師と娘の結婚を許し、二人は仲睦まじく過ごした。猟師は家にいることを内密にしながら、優秀な猟犬二匹を選んで、猿を襲うように猛特訓をしていた。

とうとう祭の日が来て、宮司や世話役が長櫃を持って迎えにきた。長櫃には、

東国　京より東の諸国。
猟師　犬を飼いならして山に入り、猪や鹿を狩ることを仕事とする人。
猟犬　犬と猿は仲が悪い。いわゆる犬猿の仲。
宮司　神社の祭祀・祈祷を司る神職の長。

娘の代わりに猟師と二匹の猟犬が忍び込んだ。刀を身に添え、猟犬を両脇に臥せさせて出発し、行列は社殿に向かった。

長櫃を置いた社殿の中では、身の丈六尺を超える大猿を上座に、百匹ほどの猿が居並んでいて、中央にはまな板と大きな刀が置いてあった。大猿が立ち上がり、長櫃を開けようとしたその時、猟師が中から飛び出し、同時に二匹の犬が大猿に喰らいついた。そして刀を抜いた猟師は、大猿をまな板の上まで引きずり上げて刀を当て、

「長年、多くの人の子を殺して肉を食べるとはけしからん奴め。生かしてはおけない！」

とこれまでの残忍な所業を責めたて、怒鳴り上げた。度胆を抜かれた大猿は、涙を流して命乞いをする。他の猿たちも右往左往し、大混乱に陥った。そんな中で、神が宮司に乗り移り、

「これからはけっして生贄は取りません。人殺しもしません。あなたたちや生贄の両親に復讐することもありません。だから助けてほしい」

と懇願した。猟師は、一旦は拒否したものの神の誓いを信じて、結局大猿を解放してやった。

長櫃　衣服や調度品を入れる大型の木箱。ここでは人が入るが、死体なら棺となる。

六尺　一・八メートル。

まな板と刀　娘を調理して食べるために用意された。

神の誓い　猿神の誓いを人間の宮司が代弁している。

それからというもの、猟師の家族に猿の仕返しはなく、村人も生贄を立てずに平穏な暮らしができるようになったということだ。

古いしきたりや習慣は、いかに不条理なことであっても、打ち破るには勇気と決断がいるものです。ここでは、村社会を護るため猿神に人身御供を捧げ続けることに抵抗感を抱きながらも、村人にはそれを打ち砕く機運も力もありませんでした。そこへ外部から勇気あるよそ者がやってきて壊してくれたということです。

猿神は山の恵みをもたらす存在とみなされてきました。しかし、生贄という犠牲の大きさに村人も苦慮していたことでしょう。悪習を止めさせた精神的背景には、殺生（せっしょう）を厳しく戒める仏教の受容があったのではないでしょうか。その新しい仏教的価値観を、東国から来た猟師は語ったのだと思います。

仏教のもう一つの大きな特徴は、「すべてのものは、刻々と移り変わる」という意味の〝諸行無常〟を説いているところです。変化を望まず、安定という形におさまっていると、状況の変化についていけず、悪習とみなされ、やがて崩れることでしょう。

《恩に報いる行為が実を結ぶ》

親切心で行った隣家の男の善意とは

都会のマンション生活などでは、隣に住む人の顔も知らないというケースもあるようです。ご近所付き合いが希薄になっているのでしょう。「干渉されたくない」「付き合いが面倒だ」という思いがある一方、暮らしに人の温もりが伝わってこない寂しさや、いざという時の頼りにはならない孤独感を味わうことにもなりかねません。

その点、昔のご近所付き合いは濃厚でした。町内には必ずといっていいほど親切で世話好きなおばさんやおじさんがおられたものです。『今昔物語集』の時代もそうだったことでしょう。

下毛野敦行(しもつけのあつゆき)、我が門より死人を出だす語

（巻二十・第四十四）

今は昔、近衛府(このえふ)に出仕する下毛野敦行という男がいた。若い時から人望があり、男前で、乗馬にも練達した優秀な官人だった。やがて老いを迎えて、法師となり、

近衛府　宮中の警護を任とする武官の府。
法師　38ページ、53ページ参照。

西ノ京に住んでいた。

ある時、隣家の主人が急死し、敦行入道はお悔みに訪れた。応対した息子が、

「父の遺体を出棺するのに、私の家の門は最悪の方角に当たっているのですが、そうはいってもどうすることもできないので、この門から出そうと思います」

と話したところ、入道は、

「いや、それは良くないことだ。あなたたちのためにも避けるべきだ。よし、こうしましょう。我が家との境にある塀を壊して棺を通し、我が家の門から出されるのが良いでしょう。亡き父君は心が真っすぐで、事あるごとに情けをかけてくださった。こういう時こそ、ご恩に報いたい」

と申し出た。しかし隣家の家族は、

「とんでもないことです。他人の家を通って死人を出すなんて、とても考えられません。忌む方角であっても、私の家の門から出しますので……」

と断ったが、入道は納得せず、

「それは間違っています。我が家の門からお出しくださるように!」

と言って帰っていった。あきれたのは入道の家族も同様です。

入道　出家して修行すること。またその人。さらに在家のままで剃髪し法衣を着て生活する人もそう呼ぶ。ここでは後者。法師と同義語として使っている。

「俗世を離れた聖人でも、そんなことを言う人はいないでしょう。いくら人のためといっても、我が家の門から、隣家の死人を乗せた車を出すなんて、聞いたことがありません」

と、口々に非難の声を上げた。それでも、入道はひるまず、

「そういうおまえたちの思慮分別に、私のそれが劣っているとは思わん。ここは父に任せてくれ。物忌（ものい）みにこだわる者は命短く、子孫も栄えない。物忌みをせぬ者はよく命を保ち、子孫も栄える。それに、人は恩を知り我が身を顧みず恩に報じることが大切で、天もそれを重んじ憐れんでくださるというものだ。故人は生きている時に、何度も私のために情けをかけてくださった。その恩に報いたいのだ」

と言って境界の塀を壊し、結局、入道の家の門から遺体を乗せた棺を出させたのだった。

このことがやがて世に伝わり、人びとは入道を褒め讃えた。その慈悲深い心が天に通じたのだろう、入道はその後、つつがなく暮らし、子孫たちも長命で栄えたということだ。

死人を乗せた車　葬送の車。棺車。大八車に棺を乗せ、運んだ。

物忌み　不吉なこととしてある物事を忌み嫌うこと。ここでは、迷信の類と捉えている。

ここで言う「物忌み」は「死穢」を指しますが、それは死が人知の及ばない不安定な状態であり、そこに禍をもたらす恐れを感じたからでしょう。入道は死穢の恐れよりも、人の恩を重んじたということです。

もう一方の方角を忌避する意識ですが、こちらも気になりますね。当時は、方角や月日に関しては、天文や暦の上で一連の動きとして捉えていました。十干十二支を割り当て、その吉凶を占う陰陽道がそれです。日本には飛鳥時代天武天皇の頃から、政府に陰陽寮という機関が設置され、安倍晴明で有名な陰陽師や天文博士などの専門職がいました。つまり、方角の良し悪しは常識の範囲内だったのです。

しかし仏教は本来、方角や日の吉凶に執われることはありません。仏教では〝ものの道理〟を踏まえるのが大原則なのです。「因果の道理」、「持ちつ持たれつ」、「縁起の法」と、さまざまな言い方がありますが、予断、偏見、思い込み、想像ではなく、しっかりと真実に根ざして生きることを説いています。不安や恐れ、心細くなることの多い日常ですが、真実に裏づけられた確かな依りどころを持つことで、そうした迷いごころを打ち破って前向きに生きる力が与えられます。

《恩に報いる行為が実を結ぶ》

小さないのちを助けたおかげで

現代における社会問題の一つが、弱者に対する嫌がらせや虐待で、ニュースなどで見聞きするたびに心が痛みます。しかしこれは昔からあったようで、ただ世間で取り上げられることなく闇に葬られ、当事者だけが知る出来事だったのではないでしょうか。

それとは逆に、弱者を救って感謝された人物の話も残されています。「浦島太郎」はその代表的な一つでしょう。海岸で子どもたちにいじめられていた亀を救って竜宮城に招かれ、乙姫さまの歓待を受けて大いに楽しんだ話です。これによく似た話が『今昔物語集』にもあります。

観音に仕りし人、龍宮に行きて富を得たる語

（巻十六・第十五）

今は昔、京に住む若い男がいた。貧しかったが、観音菩薩を深く信じ、十八日の観音さまの縁日には百の寺々を巡ってお参りしていた。

観音菩薩　衆生救済にあたって、変幻自在に姿を現わし、大慈悲の心で救うとされる。また、阿弥陀仏の脇侍で勢至菩薩とともにはたらき、弥陀三尊と呼ばれる。

九月の縁日の日、若い男が寺参りの途中に南山階の人里離れた道を歩いていると、小さな蛇を持った五十歳ぐらいの男に出会った。

「蛇をどうするのですか?」

と若い男が訊ねると、

「如意の先に使う牛の角を延ばすために、蛇の油が必要なのだ」

と、五十男は蛇を生活の糧にしていることを述べる。若い男は、「殺生させるわけにはいかない」と思い、自分の着ていた服と交換して蛇のいのちを助けたのだった。

若い男は、蛇が生け捕られた近くの池に連れて行って放してやった。するとしばらくして、年が十二、三歳の麗しくて可愛い少女が現われ、

「いのちを助けてくださったあなたのお心が嬉しく、そのことを父母に話すと、すぐにお連れして、御礼を申さねばなりませんと言われたので、こうしてお迎えに来たのです」

と、自分が助けられた蛇であり、自分の家に案内したいと告げたのだった。若い男は、驚くやら空恐ろしいやらで一瞬ためらうが、少女の強い願いで招待を受け

縁日 神仏の降誕・示現などの特別な縁がある日には大きな功徳があるとされ、法要やお祭りが行われる。
南山階 京都市山科区の南部。
如意 棒状の僧具、如意棒。
殺生 生きものを殺すこと。人だけでなく、生きもの全般を対象にしている点、キリスト教など一神教の十戒と異なっている。仏教の五戒として、その罪を戒めている。

ることにした。池のほとりまで来て、言われるままに目を閉じ、しばらくして目を開けると、見たこともない豪華な門の前だった。少女の先導で恐る恐る進むと、七つの宝でできた見事な宮殿が次々と現われ、ついに本殿と思われるひときわ光り輝く建物に到着した。

「ここは極楽なのか」と思うほどのすばらしさだった。

やがて気品あふれる初老の人物が現われ、

「愛しい末娘が殺されるところを、あなたさまに救っていただき、これほどの喜びはありません。心からお礼を申し上げたい」

と語り、ご馳走を振る舞ってくれた。歓待も終わりに近づいたところで、初老の人物は自分が龍王であることを告げ、お土産に金の餅を与えて、

「必要なときにこの餅の片端を割って使えば、けっして困ることはないでしょう」

と告げ、若い男はそれを受け取って帰った。

わが家に戻ってみると、ほんのわずかな時間だと思っていたのに、長い日数が経っていたのに驚くが、一連の出来事のことはけっして口外しなかった。

龍王　龍蛇の王。古代インドのナーガ（蛇）信仰と中国の龍神信仰が混合し、日本では、水の神として池や湖、滝などの水底の宮殿（龍宮）に棲むとされる。水の恩恵と畏怖の両面の象徴とされる。

その後、困ったときに金の餅を割って使うと、不思議に貧しさから解放され、一生の間、豊かに暮らすことができたのであった。観音さまを信仰したおかげで龍宮を訪れ、金の餅を得て、富める人になったのである。

「浦島太郎」と異なる点は、「玉手箱を開けてはいけない」という禁止事項がなかったことです。「鶴の恩返し」でもそうですが、「してはいけない」「見てはいけない」と言われると、つい「してしまう」「見てしまう」というのが人間の弱いところです。しかし、ここではそうしたタブーはなく、与えられたのは宝物である金の餅を困った時にだけ少しずつ使うという、生活のために役立つ堅実な助けだったわけです。人間の弱点を十分に踏まえた龍王のはからいでした。

そして幸福をもたらした最大の要因は、善因善果ということもありますが、もっと大事なところに観音菩薩、つまり仏さまを尊ぶ心があります。その心が小さないのちを助けたのです。ちなみに、観音菩薩（特に十一面観音）と龍王の関係は、水の恵みを通してつながっているようです。

《恩に報いる行為が実を結ぶ》

人間の為にいのちがけで雨を降らした龍

伝説上の存在とされる龍は、洋の東西を問わず広く語り伝えられていて、『今昔物語集』でもたびたび登場します。前話の「蛇を助けた男が龍宮に招かれ、富を得た話」（巻十六・第十五）や、後に出てくる「龍王、天狗のために取られた話」（巻二十・第十一）、それにこれからご紹介する話などです。

龍は人間を超える優れた能力を持ち、『今昔物語集』では、天狗と違って人間に協力的な存在として語られています。また、水に関係した話であることも特徴的です。

龍、法花の読誦を聞き、持者の語らひに依りて雨を降らして死にたる語

（巻十三・第三十三）

今は昔、奈良の大安寺（だいあんじ）の南にある寺に、『法華経』の読誦・講説を日課とする僧がいた。

大安寺　舒明天皇の開基と伝わる南都七大寺の一つ。平城京遷都にともない飛鳥から京の中心部に移り、大官大寺となった。

法華経　大乗仏教の代表的な経典。漢訳本のうち鳩摩羅什訳の『妙法蓮華経』（8巻28品）が日本で普及した。

いつの頃からか、この僧の読誦・講説を貴く思った龍が、人間の姿をして毎日聞きにくるようになった。欠かさず熱心に聞きに来るので、僧が、

「あなたはどういうお方ですか?」

と訊ねると、龍は正直に自分の正体を明かし、心の平安を願って仏法を聞いていると告白する。僧は龍の心を知り、龍と僧は深い信頼関係で結ばれ、世間にも知られるようになった。

そんな折り、世の中がひどい旱魃（かんばつ）に見舞われた。雨が降らず、穀物は悉く枯れ果て、人びとは貴賤を問わず飢え苦しんだ。そこである人が時の天皇に、

「大安寺の南の寺に、龍と親しくしている僧がいます。その僧を召して、龍に雨を降らせるようにご命令されてはいかがでしょうか」

と奏上した。天皇はその進言を受けて僧を呼び出し、こう告げられた。

「そなたは龍と親交を結んでいると聞く。世の中は知っての通り、旱魃で五穀は枯れ、国民は疲弊している。そなたには、龍を説得して雨を降らすようにしてもらいたい。もしできなければ、そなたをこの国から追放しなければならなくなるぞ」

と、脅すように強く要請したのだった。天皇の無理難題に心悩ませる僧だったが、

読誦　お経を音読し、仏徳を讃嘆すること。
講説　お経の内容を講義し解説して味わう。

事の次第を聞いた龍はこう言った。

「私は『法華経』を聞いて、悪業の苦しみから解放されました。お聞かせいただいた聖人（僧）のご恩に報いたいと思います。ただ、雨が降らないのは理由があってのこと。それを私が強引に降らせるのですから、必ず私は天罰を受けます。それでもかまいません。いのちを仏法に託し『法華経』を信じ奉るので、地獄・餓鬼・畜生の三悪道に堕ちることはないでしょう。私は三日間、雨を降らせた後に殺されます。そこで聖人にお願いがあります。私の死骸を拾って埋葬し、お寺を建ててほしいのです。場所は平群（へぐり）郡の西方にある山の池です」

勅命に背くことができない僧は、泣く泣く龍の遺言を受け入れて別れたのだった。

その後、龍の言葉通り、三日間雨が降り続いて国土は潤い、天皇をはじめ大臣や庶民に至るまで人びとは皆、大いに喜んだ。

その後、僧が西の山に行くと、紅色に染まった池の中に、ズタズタに切れ刻まれた龍の死骸があった。僧が丁重に埋葬して寺を建て、龍の後世を訪（とぶら）ったことは言うまでもない。その寺を龍海寺という。

悪業の苦しみ　畜生道に生まれて生きる苦しみ。

聖人　僧に敬意を込めた表現。徳の高い僧。

理由があって　因果応報の仏教の心を踏まえている。

天罰　因果応報によって生じる望ましくない結果が想定されている。

平群郡　現在の奈良県生駒市と生駒郡平群町付近。

龍海寺　所在未詳。

『法華経』は、誰もが平等に成仏することができると説く大乗仏教の代表的経典です。龍は、そのお経を聞いて、仏教の忠実な信奉者となったのでした。人間の生死を左右する水の神として恐れられてきた龍でしたが、こうして仏教の守護者となり、人びとに恩恵を与える存在になりました。川の上流や湖沼の近くに「龍」の付く名の寺があったり、寺院の手水舎や門、柱に龍が意匠されているのは、そういう理由からです。

それにしても、龍の自己犠牲の精神は力強く、有り難いですね。何かと災害の多い昨今、温暖化も進んでいます。龍にご登場願って、ヒートアップしたこの社会に水をかけて冷やしてもらいたいものです。いや、それも適度に、という条件が付きそうですね。大雨、洪水は困りますので……。

ここまで書いて、はたと気がつきました。こんな勝手な注文はありません。なんと人間中心の考え方でしょうか。こういうものの道理をわきまえず、自我の欲求を押し通す行為こそ、畜生道に堕ちるに十分な悪業です。他者である人間を生かした龍こそが菩薩道を歩んでいるといえるでしょう。

《恩に報いる行為が実を結ぶ》

人間にとり憑いた狐の恩返し

恩を感じて行動するのは人間ばかりではありません。前話は龍の話でしたが、今度は、狐の恩返しです。恩返しには感謝の気持ちが伴うわけですが、人は月日が経つと思いも薄れ、忘れがちになってしまいます。また、恩を恩とも思わず意に介さない人もいることでしょう。「恩知らず」というきつい表現もあるぐらいですが、人間以外の動物は「恩を感じない生き物」と思っている人もいるかもしれません。しかしそうではなく、動物は人間のように忘れたり、裏切ったりはしないようです。

狐、人に託きて取られし玉を乞ひ返して恩を報ずる語（巻二十七・第四十）

今は昔、物の怪が憑いた病人のいる家があった。霊媒師の女を呼んで、女に取り憑いたものに語らせたところ、

物の怪 もののけ。死霊、生霊（いきりょう）や鬼、精霊などの超自然的な存在。そのものが取り憑いた状態をさす。
霊媒師 取り憑いた生霊、死霊と通じ合い、その意思を伝える術をもった人。

「私は狐です。祟りを起こすつもりはありません。食べ物がありそうな家だったので入ってみたら、祈祷の呪力によって自由を奪われ、取り籠められたのです」

と言い、狐は取り憑いた女の懐から白い蜜柑のような玉を取り出した。「奇妙な玉があるものだ」と人びとが不思議そうに眺めていると、女の傍にいた男がさっと玉を横取りし、懐に入れてしまった。女に憑いた狐は、

「酷いことをなさいますな。玉を返してください！」

と懇願したのだが、男はなかなか返さない。狐は泣きながら、

「その玉はあなたには何の役にも立ちません。しかし、私はその玉がなければ困るのです。もし玉を返さなかったら、私はあなたを仇敵と見做します。もし返してもらえたなら、あなたを必ずお守りします」

と申し出た。男は、

「返せば、必ず私を守ってくれるのだな」

と念を押すと、狐も頷き、「決して嘘はつきません。私は恩を知っていますから……」と応じた。その場におられた護法の神が証人となり、約束を誓った狐は、男から玉を返してもらった後、呪縛から解放されて去って行った。人びとは玉が

祈祷 神仏に祈ること

呪力 神秘的な文言によって発揮する超自然的な力。

護法の神 狐を呪縛していた仏法守護の神。

まだ霊媒師の女の懐にあるのではと探すが、見当たらなかった。やはりあの玉は狐のものだったのだ。

その後、男が太秦（うずまさ）にお参りした帰り、暗くなった大内裏の応天門あたりで、そら恐ろしい感じがしてきたので、例の狐を呼び出すことにした。

「狐、狐！」

と呼ぶと、「コンコン」と鳴き声がして狐が姿を現した。「嘘ではなかったのだな。有り難い！」と喜んだ男は、

「恐ろしくてたまらないので、私を送ってくれないか」

と頼んだ。狐はあたりの様子を伺いながら歩み始めた。男は狐の後ろをついて行った。

やがて通りから逸（そ）れた小道に入り、背を屈めて抜き足で進んだ。すると人の気配がしてきた。垣根越しに見ると、なんと武器を持った盗賊たちが今夜襲う家の相談をしていたのだ。その盗賊たちのいるところがまさに男が通ろうとしていた道だった。狐はそれを知ったので脇の小道に入り、お蔭で男は無事に家に帰ることができたのだ。

その後も、狐は約束を守り、男を何度も助けた。あの時、玉を返していなかっ

太秦　太秦の広隆寺のこと。
大内裏　京城（けいじょう）。皇居である内裏を含む中央官庁が集まっている区域。
応天門　大内裏の中の儀式を行う朝堂院の南正門。

たら、こうはいかなかった。霊力のある動物は、ものの恩を知り嘘はつかないものだ。だから、助けることができそうな機会があれば助けてあげることである。

それにくらべ、人間は当てにならない。中には恩知らずの者もおり、裏切る者がいるのだから……。


人間は… 動物の報恩と人間の忘恩が対比して語られている。


人間にとって耳の痛い話ですね。「人は信用できない」といっているようなものです。ところで、先日、親しい友人が「可愛がっていた犬が死んだ」と、沈んだ声で電話をかけてきました。それが何とも悲しそうだったのです。その友人が言うには、

「犬は感じたままの心で接してくれる。うれしい時は飛び上がって喜んでくれるし、気に食わない時は、言うことを聞いてくれない。心に裏表がない。そのままやからな。裏切られることがない。くよくよと悩んでいた自分がどれだけ救われたことか」

という話です。友人の心を癒し、支え続けていたペットの犬に、彼はご恩を感じたのでした。

改めて、自分の都合により、平気でウソをついたり、誤魔化したり、無視したりする人間の恐ろしさと醜さを思いました。

《心と心が通い合いました！》

自然の趣を感じ合った琵琶の名手

世界で活躍されているピアニストの辻井伸行さんは生まれた時から目が不自由でしたが、音楽の才能が豊かで、二歳の時には母親の歌声に合わせて即興でピアノ伴奏されたそうです。その後も並々ならぬ努力を重ねられて、私たちを感動させるすばらしい演奏をされるようになったのだと思いますが、聴覚がずば抜けて秀でておられたことは確かでしょう。

いつの時代にもそうした類まれな才能の持ち主はいるものです。平安時代にも、極めつきの演奏をする盲目の琵琶の名手がいました。

源博雅朝臣（みなもとのひろまさあそん）、会坂（おうさか）の盲（めしい）の許（もと）に行く語（巻二十四・第二十三）

今は昔、源博雅という貴族がいた。才能あふれる人物で、特に管弦の道に優れ、琵琶や笛の名人でもあった。同時代に、逢坂の関に住むひとりの盲人がいた。名

源博雅　平安時代中期の公卿・雅楽家。管弦の名手。

逢坂の関　京から東国へ向かう出入口にあたる逢坂山にあった関所。またその辺りをいう。

を蟬丸(せみまる)という。宇多天皇の皇子・敦実(あつざね)親王に仕えていたが、親王もまた管弦の道に秀でていて、蟬丸はつねにご主人の奏でる琵琶の音を聞き、自らも演奏していたのだった。

博雅はこの人のうわさを聞いて、琵琶の演奏を聴いてみたいと思うのだが、蟬丸の住む粗末な庵を訪ねる気にはなれなかった。そこで京に呼ぼうとしたのだが、断られてしまう。断られると余計に会って聴いてみたいと思うのが人間というもの。特に、今はこの人しか知らない秘伝の名曲「流泉(りゅうせん)」「啄木(たくぼく)」を何としても聴きたいと思って、ある夜、密かに逢坂の関の庵のそばまで出かけた。しかしその夜、蟬丸は弾かなかった。その後、夜ごとに訪ねること三年が経った。その間、一度も秘曲を弾くことはなかった。

そして、満月に雲がかかっては流れていく趣(おもむき)深い夜が訪れた。博雅は「今夜こそ、『流泉』『啄木』を弾くにはうってつけの時だ」と確信する。逢坂の庵のそばで耳を澄ませていると、蟬丸はとうとう情緒豊かな琵琶の音を醸し出しながら詠い始めたのだった。

蟬丸　平安時代の雅楽者で歌人。醍醐天皇の第四皇子であったが捨てられ、出家したという説もある。

管弦の道　雅楽のこと。

流泉　「石上流泉」の略。琵琶の三秘曲の一つ。中国の説話に、龍王が密かに聴いて、感動のあまり庭に泉が流れたという。

啄木　琵琶の三秘曲の一つ。山の神が虫になって木をついばむように聴いたために名づけられたという曲。

あふさかの　せきのあらしの　はげしきに　しゐてぞゐたる　よをすごすとて

（逢坂の関の嵐が激しいので、私はじっと座って耐えている。このつらい世（＝夜）を過ごすために）

それを聞いた博雅は、自ずと目から涙が流れ出た。蝉丸もものの哀れに浸って、

「管弦の道に通じた人と語り合いたい」

と独りごとを言う。それを聞いた博雅はもう抑えきれなかった。三年間通いつめた庵のそばから、この時初めて庵の内に入り、蝉丸と心ゆくまで管弦の道を語り合ったのだった。博雅が『流泉』『啄木』の曲を聞かせてほしいと頼むと、蝉丸は、

「亡き宮さまはこのように弾いておられました」

と言って、絶妙な演奏を聴かせてくれた。博雅が感激しないはずがなかった。

しかし、このような達人が今は少なくなったのは、実に残念なことである。

ものの哀れ　平安時代の自然観および文芸の本質とされるもので、調和のとれた美にしめやかな情緒を伴って感じ入ること。

亡き宮さま　敦実親王。

蝉丸は『小倉百人一首』に選ばれている「これやこの　行くも帰るも　別れては　知るも知らぬも　逢坂の関」の和歌で有名な歌人で、琵琶法師の元祖的存在です。後には歌舞音曲や芸能の神として信仰され、今も逢坂山の蝉丸神社に祀られています。醍醐天皇の子であったとか、とにかく謎の多い人物でした。

それにしても「聴く」ことに秀でるとすごい能力が発揮されるものですね。音楽や芸術というものの真価は、大自然の中で人と人の心が溶け合い、お互いに通じ合うことで発揮されるようです。仏さまを仰ぐ信仰の世界でも同じことが言えます。

仏さまのはたらきは融通無碍であり、何ものにも障げられません。その阿弥陀仏の大慈悲心のはたらきは生きとし生けるすべての存在に、すなわち私に「南無阿弥陀仏」の念仏となって至り届いてくださいます。阿弥陀仏の喚び声を私が聞いて、私の心に響いた時、仏と私は大宇宙（浄土）の中で一つに溶け合い、通じ合って、渇いた心が潤いの心に転じられるのです。それを浄土真宗では他力の〝信心〟と言っています。

《心と心が通い合いました！》

逃げれば父は倒れてしまう

近年、教育現場やスポーツ選手の指導で、行き過ぎた体罰やパワハラが社会問題となったことがありますが、「体罰」と「指導」の境目は、一本の線で区切れるほど単純ではないようです。表に出る行為の背景にはいくつもの要因が隠れているものです。しかも、その表に出ない要素である心の感情や思考は、時と状況によって常に複雑に揺れ動いているので、その判断は極めて困難です。

ここでは、暴力を受けた人が、暴力をふるった人の心を思いやるお話です。

下野公助(しもつけのきみすけ)、父敦行の為に打たれて逃げざる語

（巻十九・第二十六）

今は昔、右近の馬場で騎射(きしゃ)（流鏑馬(やぶさめ)）の競技が行われた時のことだった。近衛府の幹部が見守る中、前回の騎射でずば抜けた成績を上げ、正射手として優勝候

右近の馬場　右近衛府（宮中警護の役所の一つ）に属する馬場。一条通の北側にあった。
騎射　競い馬の一つ。騎馬で行う射術を競う。
正射手　競技者に選ばれた正式メンバー。

補と目されていた下野公助という舎人（とねり）がいたのだが、どうしたことか今回はまったく振るわず、三つの的をすべてはずしてしまった。

　これを見ていたのが公助の父、敦行（あつゆき）だった。敦行は競技の監督官として観客席から眺めていたが、最愛の息子が続けて的をはずしたのを見て顔面蒼白となり、沓（くつ）も履かずに馬留（うまとどめ）に向かって走り出した。観客席にいた近衛府の幹部らは、「敦行さんは何をするつもりなのか?」と不審に思いながら見ていると、馬から降りて後片づけをしていた公助に走り寄り、近くの柵から抜けた横木を取って打ち叩こうとしたのだった。

　公助は若くて壮健である。一方の敦行は年老いて八十を越えていた。公助が逃げれば、父は追いつくことができない。にもかかわらず公助はそこに留まり、うつ伏せになって父のなすままにまかせたのだった。父は息子の背を十回、二十回と打ち続けた。

　見ていた人たちは「公助も愚か者よ。あんなに打たれてどうするんだ!」と笑った。やがて打ち終えた父は、元の監督官の場所に戻って、地面に臥しつつ大声で泣いた。そこにいた幹部たちももらい泣きをし、あまりにも気の毒だったので、

舎人　ここでは近衛府の下級武官。天皇の警衛に当たる。

馬留　馬場のゴール地点。

協議して、公助を次回も正射手として出場させることにした。

後日、幹部たちは、

「父の殴打になぜ逃げなかったのか」

と尋ねると、公助は、

「逃げて、八十歳にもなる父が走って追いかけてきたなら、疲れて倒れてしまうかもしれないと思ったからです」

と答え、その父への思いやりに皆は涙を流した。

また副射手の者から、「なぜ、的を外した者を正射手のままにするのか?」との不服が申し立てられたが、幹部たちの詳しい説明に近衛大将も納得し、申し立ては退けられた。

改めて、公助が言うには、

「父が私を打つのはよくわかります。私が憎くて打ったのではありません。それを咎めて、父が悪いと責めれば、私が天罰を受けるでしょう」

と語り、それが回りまわって耳に入った関白殿も、

「我が身を棄てて四恩に孝養する行為は菩薩のようだ」

副射手 競技の補欠メンバーか?

近衛大将 近衛府の長官。

関白 天皇を補佐して政務を執り行った重職。

四恩 人がこの世で受けている四つの恩。その一つは親の恩。他は三宝(仏法僧)、国王、衆生。

とほめ讃えて、公助は人望のある近衛兵として、その子孫まで繁昌したということだ。

この話は、暴力そのものを肯定するものではありません。人の情を汲み取り、思いやりと慈しみの心で応じたことに拍手喝采したのです。競技に出た息子は、自身の不甲斐なさに滅入っていたことでしょう。父の方でも、息子への期待と勝利への確信があって、何よりも自慢の息子であり、誇りに思う気持ちがあったのでしょう。そうした親と子の思いはお互いに通じ合っていたに違いありません。だからこそ、父親の心の発露として横木で叩く行為に出たのを息子は理解し、それを甘んじて受けたのでした。

それはまた、息子自身の心に親の心が届いた出来事だったといえましょう。形は暴力でも、気持ちは痛くはない温かいものでした。

やはり、ここでも心が通じ合っているかどうかが大事だということです。仏・菩薩の心と私の心もそうなのでしょう。

《心と心が通い合いました！》

蜂と人間の共生関係も成り立つんです

蜂というのは、私たちの生活では蜂蜜で関わりがあるぐらいで、スズメバチともなると怖くて近寄りがたく、どうも馴染みたくはない存在です。それだけに蜂の生態とか、人との関わりについて、詳しいことはほとんど知りませんでした。

ところが、『今昔物語集』を読んでいると、蜂にも細やかな心と感情があり、コミュニケーションを取りながら行動する優れた能力を持つ生き物だということがわかります。いうまでもないことですが、この世界は人が知らないことがまだたくさんある広い広い世界なのです。

鈴香山（すずかのやま）にして、蜂、盗人を螫（さ）し殺す語（巻二十九・第三十六）

今は昔、京に水銀商（みずかねあきない）を営む者がいた。多くの財産を築き、家は繁栄していた。その主人は毎年、水銀の産地である伊勢国（いせのくに）を行き来しており、馬百余匹に絹、布、

水銀商　水銀は金メッキなどに使われる。
伊勢国　現在の三重県北部、中部。

米など多くの財物を背負わせ、護衛もつけず、ただ召使いの少年たちに馬を追わせただけの無防備状態で通っていた。当時の伊勢国は大変物騒で、たくみに人をたぶらかして財産を奪い取り、平気で自分の貯えとするようなところで盗人も多かったが、不思議にこの水銀商の隊列が昼夜を通して行き来するのに、何一つ奪われることはなかった。

そんな中、国境の鈴鹿山あたりに八十人余りの大盗賊団が出没し、公私を問わず往来する人びとの物を根こそぎ奪い取って殺す事件がしばしば起こるようになったが、公の機関もこれを捕まえることができていなかった。そこへ、水銀商の隊列が伊勢国から京に上る途中で通りかかった。

無防備な隊列を見た八十余人の盗人たちは、「あきれた馬鹿者たちだな。この者たちの財物をすべて奪い取ろう」と決めて、隊列の前後から挟み撃ちする形で襲いかかった。召使いの少年たちは一斉に逃げ去り、財物を背負った馬たちも皆盗人に奪われ、女どもは皆、衣服を剥ぎ取られて追い棄てられた。年取った水銀商の主人は牝馬に乗ってかろうじて逃げ、高い岳に上り着くことができた。盗人たちはその主人を見て、何もできそうもない無力な者と判断し、奪い取った後は谷

鈴鹿山 現在の滋賀県南東部と三重県北部の県境にある鈴鹿峠あたりの山々の総称。東海道の交通の難所。

に下っていった。

盗人たちは豊かな財物を前に、各人が望みのままに品を分け合って、喧嘩することもなく過ごしていた。一方、水銀商の主人は高い峰に立って、落胆することもなく、大空に向かって声高く、

「どこだ、どこだ。遅いぞ、遅いぞ」

と言うと、一時間ほどして三寸以上もある恐ろしく大きな蜂が空から現れて、「ブンブン」と羽音を鳴らしながら、そばの高い木の枝に止まった。これを見た主人は心に深く念じて、さらに

「遅いぞ、遅いぞ」

と言うと、今度は、二丈ほどの赤い雲のような塊（かたまり）が、遠くの空から近づくのが見えた。盗人たちはまだそのことに気づかず、略奪品を点検整理している最中だったが、ほどなく赤い雲は盗人のいる谷へ降りて行き、同じく木の枝の蜂も飛び立って降りていった。なんと、この雲のように見えたのはすさまじい数の蜂の群れであった。

それらの蜂は盗人ごとに分かれ、一人一人に一千匹ほどの単位で襲いかかり、

三寸　約九センチ。一寸は約三センチ。

二丈　約六メートル。一丈は約三メートル。

次々に刺し殺していった。百匹でもどうすることもできないだろうに、一千匹の恐ろしさは想像を超えたものだったろう。盗人たち全員を刺し殺した後、蜂たちは皆、飛び去っていった。

その後、水銀商は、谷に下りて、盗人がこれまでに盗んだ物まで手に入れ、京に帰っていった。富はますます増えたということだ。

ところで、水銀商の家では酒を造り置いて、もっぱら蜂たちに飲ませていた。蜂を神聖な存在として奉り、蜂も彼を護っていたのである。そのことを知っていた盗人は彼の物に手を出さなかったが、鈴鹿山の盗人たちはそれを知らなかったために、殺されてしまったというわけだ。

それにしても、蜂さえも恩は知っていた。心ある人は、人の恩を享（う）けたなら必ず報いるべき、ということだろう。

蜂は恩を知るということなのですね。人間は、つい自分たちだけが高等な頭脳を持つ特別な存在で、動物や植物など他の生きものを「物」として見てしまいがちです。家畜の一頭から病原菌が発見されれば、そこに飼われているすべての家畜が人の手で殺されてしまいます。それを殺処分と言います。物として処分されるわけです。

しかし、どんな小さな生きものにも心があります。蚊やゴキブリでも殺されると思えば必死で逃げるではありませんか。ここでの人と蜂の関係ではありませんが、どんな生きものでも、人間が工夫してうまく付き合えば、大きな力になる可能性があります。いのちの大小、軽重、優劣という執われの枠を超えて、お互いに網の目のように関わり合い、支えあって存在していると見るのが仏教です。

《心と心が通い合いました！》

他人の魂が自分の体に入って生じたこと

近年、臓器移殖は珍しくなくなりました。また、ノーベル賞を受賞した山中伸弥教授らが発見したiPS細胞によって、医療は大きく前進しました。支障をきたした臓器や器官を新しいものに取り替えて健康を回復する再生医療で、実用化に向け研究や実験が重ねられ、一部は活用されているようです。将来、心臓や腎臓に限らず、体のあらゆる器官が生き返るかもしれません。ということは、自分の体がそっくり入れ替わることだって考えられます。

そうなると、「私って、何？」と思ってしまいそうです。

讃岐国の女冥途に行きて、其の魂還りて他の身に付く語

（巻二十・第十八）

讃岐国山田郡に一人の女がいた。

急に重い病気に陥ったので、病気の原因とみられる疫病神にご馳走を振る舞っ

讃岐国山田郡　香川県にあった郡。現在の高松市のあたり。
疫病神　病気を支配する神。

てお帰り願おうと、門先に棚を設け、数々の食べ物を供えることにした。そこへ、閻魔王の使いの鬼がやってきた。女を冥途へ連れて行くためである。ところが、走り疲れた鬼は門先のご馳走に目が向き、思わず手を伸ばして食べてしまった。

「おいしいものを食べさせてもらった恩に報いたいと思う。おまえさんと同姓同名の女はいるか？」

鬼は女を連れていく道すがら、女に尋ねた。女が、

「同じ国の鵜足（うたり）郡にいます」

と答えると、鬼はすぐに鵜足に向かい、その女のいのちを奪って冥途へ連れて行った。一方の山田の女は家に還され、息を吹き返した。しかし、閻魔王は誤魔化されなかった。

「人が違うではないか。山田の女を連れて来い！」

そう命令された鬼は、再び山田の女のところへ行き、冥途へ連れて来る。そして留めていた鵜足の女を元の家に還そうとしたが、体はすでに火葬され、無くなっていた。閻魔王はしかたなく、まだ遺っていた山田の女の体に鵜足の女を戻すように、使いの鬼に命じたのだった。

閻魔王　死者の生前の善悪を審判する冥界の王。地獄の統治者。
鬼　ここでは閻魔王のもとではたらく従者。獄卒。
冥途　死後の世界、冥界。
鵜足郡　香川県にあった郡。現在の丸亀市や坂出市のあたり。

そんなわけで、山田の女の体は再度息を吹き返したことになる。ただし、事情は少々複雑だった。山田の父母は娘が蘇(よみがえ)ったのを喜んだのだが、本人は、

「ここは私の家ではない。私の家は鵜足だ」

と主張し、鵜足の家へ向かったのだ。

鵜足の家の両親はというと、見知らぬ女がやってきて自分の家だと言い張るので戸惑うばかり。しかしわが子しか知らない事実を次々と語るので、やがて体は違うが魂は娘だと確信し、喜んで養うことにした。

こうして、山田の親は体が蘇ったと喜び、鵜足の親も魂は本人だと喜び、結局、女は四人の親を得、また二つの家の財産を得ることになったということだ。

結局、女は　鵜足の女の身体が失くなり、山田の女の魂(心)が失せたということになりますが…。

自分が「他のものによって成り立っている」という話はほかにもあります。『大智度論』という仏教書に、二匹の鬼が死体を奪い合う話があります。

旅人がいた祠に入ってきた二匹の鬼は、死体をめぐって争い、証人にされた旅人と死体を二匹の鬼が次々と千切っては取り替え、最終的に旅人の体が死体と入れ替わってしまいます。旅人は「私とは？」を問うため出家したということです。

考えてみれば、私たちは毎日、多くのいのちを食べ物として体の中に摂り入れています。「他のものによって成り立っている私」といえなくもありません。自分のいのちは「いただきもの」とする日本人には、今も食前に「いただきます」という感謝の言葉を述べる習慣が続いています。言葉だけでなく、心もそう思えるといいですね。

ところで、心と体が別々に存在するような考え方は、仏教は採りません。肉体とそのはたらきを極限まで細密に見ていくと、素粒子論になりますが、視覚では捉えることができません。しかしその体も心も、持ちつ持たれつの縁起によって成り立っていると見るのが仏さまの眼なのです。

第四章「もう一つの人生の選択——出家の道」

《このままでは生きていけない!》

愛別離苦から出発する新たな人生

死んだ我が子を数十日にわたって背負い続けた野生のチンパンジーの話がありました。「チンパンジーも死を悼む」ことが、京都大学の調査でわかったという内容です。

一方、人間の世界では、葬儀をせずに遺体を直接、斎場に移送する直葬なるものが珍しくなってきたといわれます。個人差があるにせよ、人の死をどう受け止めるか、見つめ直す時期に来ているようです。

時代をさかのぼって平安時代、愛する女性の死に際し、主人公の男が取った行動に注目です。

参河守大江定基出家する語（巻十九・第二）

今は昔、円融天皇の時代のこと、参河守に大江定基という、慈悲心があって才覚の優れた人物がいた。定基にはもともと一緒に住んでいた妻がいたが、その妻とは別の若くて美しい女に惚れ込んで愛情を注いだので、元の妻が嫉妬し離別。

円融天皇 第六十四代天皇。平安時代十世紀後半の頃。

この若い女を妻にして、参河国に赴任することになった。

ところが赴任してしばらくすると、愛する若い女が重い病気に罹(かか)った。定基は必死に看病するが、回復するどころか徐々に痩せ衰え、美しい容貌もみるみる精彩を失っていった。定基の嘆き悲しみはたとえようもなく、ただ祈るほかはなかった。しかしその甲斐もなく、とうとう女は死んでしまった。定基はあまりの悲しさに堪え切れず、また離れがたく思ったのだろう、葬送もせず、生きているときと同じように、女の遺体を抱いて何日も寝続けたのだった。

しかし口づけしながら毎夜寝ているうちに、やがて女の口からは強烈な死臭が漂い始める。これにはさすがに定基は参ってしまった。不快感に堪えられず、ついに執着していた女の遺体を厭(いと)う心が生じ、泣く泣く葬(ほうむ)ったのだった。

その後、定基は「世の中は憂いに満ちている」と思い定めて、仏道を歩む心を発したということだ。

参河守　三河国(現在の愛知県東部)の長官

大江定基　参議大江斉光の子。三河守の後、出家した天台宗の僧。文人でもある。

話はこの後も続き、参河国の行事である風祭（かざまつり）でいけにえにされる動物の痛ましい姿に心動かされ出家、寂照（じゃくしょう）と名のり、ついには中国にわたって皇帝から貴ばれるほどの優れた僧になったことなどが綴られています。

改めて定基の行為から、私は葬儀の意味が読み取れるように思うのです。すなわち、妻の遺体を最後には「葬った」となっています。葬るという行為は、弔（とむら）うと同時に、葬る存在に対する畏敬の念と絆が介在する行為です。

死という〝過去の出来事〟、あるいは〝生前のままの状態〟から脱却し、〝永遠なるもの〟への価値転換、〝普遍なるもの〟への目覚めの出発点が葬儀（葬送儀礼）であります。それを暗示するのが、愛する者への執着（愛別離苦（あいべつりく））を絶ち、出家する行為（仏道修行）で表されています。

死という断絶から、永遠のいのちのつながりへの転換をはかる儀式が葬儀なのだと知らされる話です。

《このままでは生きていけない！》

人間だけが生きているのではなかった

現代は損得や理屈が優先し、人の情けが通じにくい世の中ではあります。そんな時代に、情けたっぷりのお話はいかがでしょうか。昔話には、貧しくても慎ましく、それでいて精いっぱいに生きようとする純朴な人たちが数多く出てきます。富める者を羨んだり、自分を卑下して、卑屈になったりはしません。

そういう若い夫婦が子宝を授かりました。産後の妻と子が元気になるようにと、夫は猟に出かけます。そこで起こった出来事が男の人生を変えました。

鴨の雌、雄の死せる所に来たるを見て出家する人の語

（巻十九・第六）

今は昔、京に、貧しくて細々（ほそぼそ）と暮らす男がいた。

妻が子を産んだので、滋養をつけさせるために鳥獣の肉を食べさせたいと思う

肉を食べ… 当時は仏教的考え方が一般にも浸透しており、鳥獣の肉を食べるのは殺生に当たるという罪意識が、多少なりともあったと思われる。

のだが、田舎に縁者がいるわけでもなく、市場で買えるお金もない。悩んだあげく「池にいる鳥を射て、妻に食べさせよう」と思った。さっそく弓矢を持って出かけた。

美度呂池（みどろがいけ）という人里離れた池までやってきた。草陰に隠れていると、鴨の雌と雄が、人がいるとも知らずに近づいてきた。男が矢を射ると、見事、雄鴨に命中した。飛びあがるほど喜んで、仕留めた鳥を掴んで家路につくが、帰り着いた頃には日が暮れ、夜になっていた。男は妻に鴨を獲ってきたことを告げ、「明日の朝、料理して妻に食べさせよう」と微笑みながら、屋外の棹に獲物を吊り下げて寝床についた。

夜半頃のことだった。棹に懸けている鳥がバタバタと羽を動かしているような音が聞こえてきた。男は「ひょっとして、鳥が生き返ったのではないか」と思い、起きて見に行くと、棹の雄鴨は確かに死んでいて動いていなかったが、そのそばに雌の鴨がいて、雄に近づきながら羽をバタつかせていたのだ。

「なんと、この鳥は昼の池で雄と並んで餌をついばんでいた雌の鴨ではないか！雄鴨が射られ、連れて行かれるのを見て、夫を恋しく思い、後を追ってきたのに

美度呂池　深泥池とも。京都盆地の北端部にある池。水生植物をはじめ、多くの野鳥、昆虫、魚類が生息していることで知られる。

違いない」

そう思うと、男は雌の鴨が不憫でたまらなくなった。さらに雌鴨は、人間が灯りを点して近づいたにもかかわらず、雄鴨のそばを離れようとしなかったのだった。

男は思った。

「畜生とはいえ、夫を愛するがゆえに、命を惜しまず、こうして人間のもとにやってきたのだ。私は人として生まれ、妻を愛するがゆえに鳥を殺したのだが、こんな愛情あふれる鳥の肉を、自分たちの都合で妻に食べさせるようなことはとてもできない」

男は寝ている妻を起こしてその思いを語り、実際に現場を見せると、妻もまた大いに哀れ悲しみ、夜が明けても鴨の肉を食べることはなかった。

そして男はこのことがあって、仏道を歩む決心をして愛宕の山寺で出家し、懇ろに修行を積んで立派な法師になった。

殺生の罪は重いとはいえ、殺生によって仏道を歩む心を起こして出家することもあるわけで、誰にでも仏縁はあるものだということだろう。

畜生　いわゆる人間以外の動物のことだが、仏教の世界では、迷いの世界である六道のうち、苦しみ多い三悪道の一つとして、人間界の下に位置づけられている。

愛宕の山寺　愛宕山は山岳仏教の修行場として有名。

殺生　五悪罪の一。生き物を殺すこと。もっとも重い罪とされる。

妻や子を思う愛情は、人間だけのものではありませんでした。ここでは、人間の夫婦愛とともに、鴨の夫婦愛が印象深く語られています。もとより愛情に上下があるわけではありません。相手を大切に思う心情に、人と鳥の違いはないのです。そうしたまごころがまた、人の心を打ったのでしょう。そこでようやく殺生の罪深さを知った男は、一から人生をやり直すために〝出家〟という道を選んだのでした。

この鴨夫婦の話から私が連想したのは鴛鴦（おしどり）であり、親鸞聖人です。鴛鴦はオシドリ夫婦と言われるように、雄雌がいつも寄り添い仲が良いことで知られる鳥です。親鸞聖人は僧でありながら公然と結婚されたのですが、その夫婦生活の充実ぶりが鴛鴦に喩えられています。親鸞聖人のご生涯を表わした『御絵伝（ごえでん）』に、法然聖人の元に行かれた場面で池に浮かぶ鴛鴦が描かれており、仲の良い夫婦ぶりが暗示されています。

《このままでは生きていけない！》

心を翻して仏道を歩めば極楽往生が叶う

法治社会の現代では、犯罪者がその罪を償わずに無罪放免になることは極めてまれなことです。刑事ドラマの最後の場面で、主人公の刑事が犯人に向って「あなたは間違っている。犯した罪をきちんと償うべきだ」と、正義感たっぷりに諭すシーンがあることからもわかります。

しかし、人間の決めた法よりも価値の高い法が昔の日本にはありました。仏法という法です。この法は永遠の真理とか摂理とかいう意味です。つまり人間が人間を裁くのではなく、もっと大きな摂理（道理）がはたらいて、人としてのあるべき姿や行いが知らされていくのです。

雲林院(うりんいん)の菩提講(ぼだいこう)を始めたる聖人、往生せる語（巻十五・第二十二）

今は昔、京の北辺にある雲林院で、菩提講という極楽往生を遂げるための法会を始めた聖人がいた。この聖人は、元は極めつけの盗人だった。捕えられて牢獄

雲林院　現在の京都市北区紫野にあった寺院。淳和天皇の離宮として造営され、僧正遍昭に託されて寺院化、雲林院となった。今の大徳寺がある場所を含め、広大な境内を所有していた。

に入れられること七度、繰り返される犯行に困り果てた検非違使（けびいし）たちは、その処罰を協議し、

「この盗人、一度牢獄に入るだけでも悪事を犯したことになるのに、七度も投獄されるとは不届き千万、社会の敵である。二度と盗みに入らないよう、足を切り落としてしまおう」

ということになった。さっそく賀茂川（かもがわ）の川原に連れて行き、盗人の足を切ろうとしたところ、世に知られた人相見の僧がたまたま通りかかって、今にも切ろうとしている役人に言った。

「この（切られようとしている）人を、私に免じて許してもらいたい」

人相見は、人の姿を見てその善悪を的確に判断し、これまで一度もはずしたことがなかった。その人相見が「この人は必ず極楽に往生する相を具えている。だから切るべきではない」と言うのだ。

しかし、いったん決めた刑を役人たちが取りやめるはずはない。

「つまらぬ見立てをする坊さんだ。これほどの悪人が極楽に往生できるわけがないだろう」

菩提講　『法華経』を講じ、念仏を称えて往生極楽を願う法会。

聖人　一般に徳の高い僧の尊称として使われるが、ここでは一途に仏道を歩む僧を讃めて呼んでいるようだ。

検非違使　警察官と裁判官を兼ねた役人。

賀茂川　漢字表記で鴨川と書くのは高野川と賀茂川が合流したところから下流で用い、その上流は賀茂川と表記される。

人相見　原文では「相人」とある。人の相好（姿）を見て、その人となり（善悪）を読む人。

悪人が極楽に…　親鸞聖人が世に出られる前の当時は、極楽に生ま

と言って、構わず切ろうとする。しかし、人相見も負けてはいなかった。盗人の足の上に坐りこんで、

「代わりに私の足を切るがよい。必ず往生することがわかっている人の足を、黙って切らせるわけにはいかない」

と大きな声で叫んだ。思い悩んだ役人たちは、再び協議し、

「著名な人相見が言うことを無視すると、不都合なことになる」

という判断で、結局切らずに放免したのだった。

その後、盗人は深く仏教に帰依して僧になり、雲林院に住んで菩提講を始めた。日夜に阿弥陀仏の念仏を唱えて、極楽に生まれることをひたすら願い続けたのである。そして人相見の予見通り、見事な最期で、貴く極楽往生を遂げたということだ。

「日頃、悪を重ねてきた者でも、心を入れ替えて善を行えばこのように極楽往生できるのだ」

と、人びとは感心し喜びあった。そしてまた、人相見の予見はご立派であった、菩提講を始めたことも貴いことだ、と語り伝えられたとのことだ。

れるのは善人だけと考えられていた。

極楽往生を遂げた その証拠として、天から妙なる音楽が流れてきたとか、良い香りがしたとか、紫雲がたなびいたとか、何らかの兆候が表われることで判断されていた。

この話から、極楽浄土に生まれることができるのは一生懸命に善を積んだ特別の善人であると考えられており、当時の人びとにとって、いかにそれが貴くすばらしいことであるかが伝わってきます。また、そうした人物を見抜く目も大切だったということでしょう。

ところで、人の作った法律で人を裁く現代では、いくら悪行を犯しても、該当する法律がなければ裁けません。また法律に触れても知られなければそのままですし、証拠がないと罰せられません。そんなことから、法の網をくぐって、また権力を使って隠蔽しながら私腹を肥やす人が後を絶たないようです。

仏の救いは実は、姿かたち、行為の善悪で選別されるものではありません。阿弥陀仏の極楽浄土へ生まれることができるかどうかも、その人の行為の善悪ではなく、仏さまの大悲心（苦悩するものを必ず救いとるという本願）を受け取れるかどうか、で決まってくると言ってよいでしょう。

《一途に行を続けていると……》

鉢を飛ばして食を得る聖人

「修行を積むと、通常の人間にはできないこともできるようになる」という話は、昔も今も数多くあるようで、例えば未来や見えるはずのないものが見えたり、空を飛んだりという、いわゆる超能力が語られます。今では、CG（コンピューターグラフィックス）やアニメで空想世界をリアルに体感でき、ドローンにカメラをつければ空を飛んでいるような景色が実感できます。しかし、科学技術が未発達な昔では、それはあくまで特別なケース。何かのメッセージがこめられた表現と言えそうです。

ここでは、羽根もないのに托鉢(たくはつ)の鉢が空を飛ぶ話です。

修行の僧明練(みょうれん)、始めて信貴山(しぎさん)を建てたる語

（巻十一・第三十六）

今は昔、仏道修行をする僧がいた。名を明練という。常陸国(ひたちのくに)の人だが、本国を

明練　『信貴山縁起』では命蓮とする。
常陸国　現在の茨城県。『信貴山縁起』では、信濃国（長野県）の人とする。

離れ、全国の霊験あらたかな所に出かけて修行していた。大和国に至って、東の山の峰に登り西の山を見ると、山頂が珍しい五色の雲に覆われていた。

「きっと霊験豊かな場所なのだろう」と思った明練は、さっそくその山に向かう。麓から草をかき分け登り始めるが、依然として山上に雲がかかっている。「どんな有り難いものがあるのか?」と期待しながらさらに登って行くと、あたりは霧で何も見えないが、芳しい香りが山に漂い満ちていた。地面は木の葉に広く覆われているが、いくつかの岩が木の葉の地面から顔を覗かせていた。

その岩と岩の間の木の葉をかき分けて除いてみると、一つの奇妙な石櫃が出てきた。櫃の表面の塵を払うと銘があり、〝護世大悲多聞天〟と刻まれていた。明練はこれを見て感激の涙を流した。心からこの石櫃に礼拝して、

「この瑞相を拝見して、私は多聞天のご利益を蒙ることにした。ここに留まって仏道に専念し、生涯を終える」

とかたく決心して、さっそく柴を刈って庵を造り、棲み始めたのだった。

さらに、人夫を集めて石櫃の上にお堂を造ることにした。大和、河内の両国にわたる周辺の人びとも応援に駆けつけ、すぐにお堂ができあがった。

霊験　神仏などの通力があらわれる不思議な験(現象)。
大和国　現在の奈良県。

多聞天　四天王の一。北方世界を守護し、財宝を守るとされる。毘沙門天ともいう。

棲　隠棲的なので「住」でなく「棲」を使った。
河内　現在の大阪府南東部。

世間の人びとは、明練が庵に棲んで修行しているのを貴んでいた。また、いつも誰かが訪ねてきて衣食を提供しお世話した。たとえ訪ねる人がいない時にも、鉢を飛ばして食をつなぎ、瓶を遣わし水を汲み、何不自由なく、修行生活を送ったのであった。今の信貴山（しぎさん）というのが、これである。

鉢を飛ばして　詳しくは176ページの解説文で。

信貴山　現在の奈良県生駒郡にある山。またそこにある寺、朝護孫子寺のこと。

ここで「鉢が飛ぶ」ことが語られています。非科学的で実際にはあり得ない話なのですが、そこにこめられた意味が重要です。

第一には修行の優秀性です。周りの人びとが応援したくなるほどすばらしい修行なのです。ということは、そこには人びとはその聖人に他のことに煩わされず、修行に専念してほしいと思いがあります。食事についても、自分から食料を求めて町に出向かなくても、人びとの方から届けてくださいます。たまたま食料がない時にも、すぐに届けてくださいます。つまり、食べることに不自由しないのです。これは修行が本物であるということを表わしているといえましょう。

また、鉢は米を連想させます。米は食の象徴であり、富の象徴です。『信貴山縁起（しぎさんえんぎ）』という絵巻では、飛んできた鉢を無視したばかりに、米蔵が丸ごと鉢に導かれて飛び去る話になっています。鉢は米を捧げること（供養）の大切さを表している、と解すべきでしょう。

これは、富や物欲に目を奪われ、鉢に象徴された仏法の恩恵を忘れた長者（富裕者）への警鐘です。それが証拠に、長者が詫びると米俵は直ちに元に戻りました。「飛ぶ鉢」は、奇跡を表すことが主眼ではなく、仏法を尊ぶ心の大切さを説いていたのでした。

《一途に行を続けていると……》

念仏を唱え続けて極楽往生した在俗の僧

浄土真宗を開かれた親鸞聖人は、公然と肉食妻帯（にくじきさいたい）をして仏道を歩んだ僧として有名ですが、実は、ご自身の生き方の手本にされた方がいました。四百年も前の教信沙弥（きょうしんしゃみ）（奈良～平安時代にかけての僧。日本における念仏信仰の先駆者として、後世の多くの僧に影響を与えたとされる）というお方です。詳しい来歴はわかっていませんが、播磨国賀古（はりまのくにかこ）に住み、駅で旅人の荷物を運んで生計を立てていたようです。

在家生活を送りながら、称名念仏を貫いた教信沙弥の往生にまつわる話です。

播磨国（はりまのくに）の賀古（かこ）の駅（うまや）の教信、往生せる語（巻十五・第二十六）

今は昔、摂津国（つのくに）に勝尾寺（かつおうじ）という寺があり、そこに勝如（しょうにょ）聖人という志の深い仏道修行者がいた。別に草庵を設けて籠り、十年以上にわたって無言の行を続けていた。そのひたむきさは、弟子の童子を見ることさえ稀で、他人を見ることはまずなかった。

勝尾寺　大阪府箕面市の山中にある古刹。法然聖人も流罪放免後、一時逗留された。
勝如　貞観9年（八六七）没。勝尾寺座主（ざす）を勤めた。

そんなある夜、誰かが草庵の戸を叩いた。無言行をしているので、勝如は咳ばらいで応じる。すると外の声が言うには、

「自分は播磨国賀古の駅近くに住む沙弥教信という者です。長年、阿弥陀仏の念仏を唱えて極楽浄土に往生しようと願っていたところ、今日、念願が叶い、極楽に生まれることができました。貴聖人も○年○月○日に極楽へ迎え入れられることでしょう。そのことをお知らせするためにやってきたのです」

と告げて去った。勝如は不思議なことがあるものだと驚き、翌朝、無言の行をやめて、弟子に播磨国に教信という僧が実際にいるかどうかを確かめに行かせた。

弟子が賀古の駅の北辺に着くと、はたして小さな草庵の前に死体が横たわっており、犬や鳥が集まってその身を喰らっていた。庵室には一人の女と子どもがいて、激しく泣き悲しんでいる。弟子が確かめると、死体の主はやはり教信沙弥であった。女は教信の妻で、次のように語った。

「夫の教信は昼夜怠りなく一生の間、念仏を唱え続けていました。なので、近隣の人たちは夫を阿弥陀丸と呼んでいたほどです。それが昨夜亡くなってしまったのです。ここにいる子は教信の子どもです」

播磨国　現在の兵庫県南西部。

賀古の駅　現在の加古川市野口町付近にあった山陽道の駅家。

沙弥　出家はしたものの、正式な具足戒を受けていない僧。公認の僧ではなく、私の僧をそう呼ぶこともある。

教信　九世紀頃、賀古の地で暮らしていた民間の念仏聖。没後、同地に教信寺が創建された。

犬や鳥が…喰らって　教信は自分の亡骸を野に置き、鳥獣に喰わせるよう遺言したという。親鸞聖人が「自分が死んだら、遺体は賀茂川に入れて、魚に与えてくれ」(『改邪鈔』大意)とおっしゃったことと共通する世界がある。

帰った弟子からそのことを聞かされた勝如は涙を流して感動し、自らも教信の庵を訪れただけでなく、心をこめてひたすら阿弥陀仏の念仏を唱え続け、教信が予告した日に極楽往生を遂げたということだ。

ところで、かの教信は妻子を持っていたが、長年、念仏を唱えていたので往生することができた。ということは、往生は偏に念仏の力であるということだ。

この話は、難行といわれる自力修行よりも、易行である称名念仏が優位であることを語っているようです。当時の仏教は戒をたもち、智慧をみがき、心を整えて善根を積んでいく自力修行が本流でした。口で仏名を唱（称）える念仏はあくまで補助的なものだったのです。

その念仏を本流に格上げされたのが法然聖人です。そこから親鸞聖人は、普通の生活を営みながら仏道を歩むことのできる念仏こそが万人に開かれた教えであり、自らの生きる道だと、さらに深められたのです。その先駆者が教信でした。

ところで念仏の絶大なるはたらきは何に喩えられるでしょうか。幼子を抱く母親が、何があってもこの子を護り抜くという慈愛の心が溢れ出て我が子に届き、「ママ！」と呼ばせているようなものですか。

《一途に行を続けていると…》

わが身に虻の卵を産ませ、孵化させた修行僧

現代の価値観でいえば、あらゆる生き物は、人のために役立つものであれば生かして利用し、害するものであれば駆除するという具合に、人間のいのちを基準にして捉えられています。明確な人間中心主義の考え方です。しかし日本では古くから、あらゆる生き物には皆、仏の性質が具わっているとする仏教的なものの見方が浸透し、人間だけを特別視する見方はありませんでした。むしろ、人間の驕りから、ほかの動物や生き物に迷惑をかけ苦しめてきた、という罪悪感さえあったというべきでしょう。とはいえ、ここまでする僧はまれだったことでしょう。

筑前国の僧蓮照、身を諸々の虫に食はしめたる語（巻十三・第二十二）

今は昔、筑前国に蓮照という僧がいた。『法華経』を尊び、また道を求める心も深く、日頃から、裸の人を見れば自分の衣を与えて自らの寒さを嘆かず、飢えた

筑前国　現在の福岡県北西部。

人を見れば自分の食事を施して、自分の食は求めなかった。また、人だけでなく虫たちをも憐れみ、多くの蚤（のみ）や虱（しらみ）を集めてわが身に付けて飼ったりもした。蚊や虻も掃わず、蜂や蛭（ひる）も食い付くままに与えていた。

ある日、蓮照は虻や蜂が多い山に入って、虫たちに自分の血肉を与えようと決めて実行した。山の中で裸になって臥すと、たちまちに虻や蜂が集まってきて、次々と鋭く刺した。しかし堪えがたい痛みにも堪えて臥し続けていると、虻が自分の身に多くの卵を産みつけた。

山から出た蓮照の身は、産みつけられた跡が大きく腫（は）れあがり、強烈な痛みが走った。それを見た人が、

「早く治療すべきだ。お灸をすえるとよい」

と忠告するが、蓮照は、

「治療すれば、多くの虻の子が死んでしまう。自分はこの病で死んでも後悔はしない」

と言って取り合わない。

蓮照が痛みに堪えながら、ひたすら『法華経』を読誦していると、夢の中で気

蜂　底本では蠆となっていて、蜂のこととされる。但し、『法華験記』では、「蛃」とあり、ダニの意。

高い僧が現れて、蓮照を褒めた。

「尊いことですね、聖人は。慈悲の心ひろく、生きとし生けるものを憐れんで殺さないなんて」

と言って、手で蓮照の傷を撫でたところで、夢が醒めた。

すると、傷口が開いて中の卵から何百何千という虻の子が孵り出て、一斉に飛び立った。さらに傷は癒え、痛みもなくなっていたのだった。

この蓮照の話から、当時の人びとも、人間が虫に対してせめてもの罪滅ぼしをしなければ、という思いと、人間によって蒙った虫たちの苦しみを、自分たちも同じように受けとめることの大切さを感じていた、ということがうかがえます。そこには、人間も虫たちも、ともにこの世界に暮らす仲間だという基本的認識があったと言えましょう。

現代は、自分が気に入ればペットにしてでもとことん可愛がり、嫌な動物や「害虫」は殺しても当然といった風潮があります。人間が他の生き物を好き嫌いによって価値づけていくのは、どう考えても長年培われてきた日本人の心ではありません。仏教の五悪の一つに挙げられているのは「殺人」ではなく、「殺生」です。「どんなに小さないのちも大切にしようね」と先人たちは語り継いでこられたのです。

《全うすることは難しい!》

愛欲の煩悩を起こし放り出された僧

男女の間で、相手に魅かれて求めていく心身の行為は、考えてみれば自然な営みと言えるでしょう。しかし、お互いの気持ちがほどよくバランスをとりながら進展すればよいのですが、どちらか一方が突っ走ったり、逆に嫌悪感を抱いてしまうと、破たんしてしまいます。また順調に進展しているように見えても、愛に悩みは付き物と思った方がよいでしょう。

仏教では、そんな異性への愛や執心は苦悩を起こさせ、さとりを妨げるものとして遠ざけられています。そんな起こしてはならない僧の愛欲にまつわるお話です。

下野国(しもつけのくに)の僧、古き仙の洞に住せる語(巻十三第四)

今は昔、下野国(しもつけのくに)に法空(ほうくう)という名の僧がいた。法隆寺(ほうりゅうじ)で経文を学び、『法華経』を毎日六回読誦して怠ることがなかった。

そんな法空は俗世間を嫌って東国に戻り、山中で修行しようと思い至った。「人

下野国 現在の栃木県。
法隆寺 現在の奈良県生駒郡斑鳩町にある聖徳太子ゆかりの寺院。

跡絶えた山奥に洞（ほら）がある」と人伝てに聞き、訪ねてみると、その洞は仏徳を表す五色の苔ですべてが覆われていた。「此処（ここ）こそわが修行の場」と喜んだ法空は、さっそく洞に籠って『法華経』を読誦し始めた。

何年か経ったある日、突然、法空の前に絶世の美女が現れ、豪華な食事を捧げた。驚いた法空だったが拒まずに食べると、これがまた絶妙の味である。人が来るようなところではなく、女性はなおさらこと。不審に思って美女に尋ねると、

「私は人間ではなく、羅刹女（らせつにょ）です。あなたは『法華経』がすっかり身について読誦されているので、ついお給仕しようと思ったのです」

と語った。

その言葉を聞いて、法空は何とも尊いことだと思った。羅刹女はまさに『法華経』の行者を護ると説かれているからである。羅刹女のおかげで飲食に事欠くことなく、山中の鳥や熊、鹿、猿たちも常に近づいて、法空の誦するお経を聞くようになった。

そんな折、もっぱら陀羅尼（だらに）を唱えて諸国を巡る良賢（りょうけん）という僧が、洞に迷い込んできた。ともに山中で仏道修行する者だと知って、同じ洞で過ごすことにしたの

五色　青・黄・赤・白・黒の五色。仏旗は黒の代わりに橙色を使うことが多い。

羅刹女　鬼女のこと。羅刹は鬼神の総称。

陀羅尼　梵語を訳さないまま唱えた経文で、不思議な力を持つと信じられていた呪文。

だが、良賢がどうしても気になるのが、かの美女だった。

「こんな人里離れたところに、あれほど美しい女人が常に食事を運んでくる。どうしてなのか、またどこから来るのか」

という思いだった。法空に訊いても、

「どこから来るのかわからないが、『法華経』を読誦するのを喜んで来てくれている」

としか答えなかった。

女の美しさに惹かれた良賢は、「単に麓から食事を届ける女人に違いない」と思い込み、つい愛欲の心を起こしてしまう。しかし、羅刹女が良賢の心に気づかないはずがない。

「戒を破って恥じない愚か者！　命を断ってくれるわ」

と、麗しい姿を恐ろしい姿に変え、怒りを露わにした羅刹女。そこで法空が制し、

「殺してはいけません。人間界に返してあげておくれ」

と頼んだので羅刹女は思い止まり、良賢の首根っこを掴んで人里に放り出したのだった。

放り出された良賢は、自分がつくづく凡夫（ぼんぶ）の身であることを思い知らされると同時に、以後は心を尽くして『法華経』を学び、読誦するようになったということだ。

これを読んで、あなたはどう感じられたでしょうか。

「良賢というやつは卑しく愚かな人物で、僧としての自覚が足りない」と思われましたか？　それに比べて「法空は立派な人物だ。自身の修行に対する姿勢も見事で、過ちを犯した良賢に対しても、鬼女に対しても寛容で堂々とした態度がすばらしい」と好印象を持たれたのではありませんか？

確かにここでは、同じ修行僧である法空と良賢の差が浮き彫りにされています。それでは、少し見方を変えて、自分が修行者ならばどちらだろうかと考えてみてください（女性の方も男になったつもりで）。私は間違いなく良賢だと思います。皆さんはいかがでしょうか？

親鸞聖人も「悲しきかな愚禿鸞（ぐとくらん）、愛欲の広海に沈没（ちんもつ）し」（『教行信証』信巻末）と愚かで、愛憎の欲に翻弄されるご自身の姿を悲しまれました。しかし、だからこそ、仏の大悲の救いがあったのだと仰がれ、慶ばれたのでした。

自らの力でさとりに到ることは、やはり至難の業なのではないでしょうか。

《全うすることは難しい！》

女性の修行者も、成就するのは難しかった

「全うすることは難しい」ものです。仕事が長続きしないとか、目標を立ててもやり遂げたためしがないとか、自信を失くしている人がいるかもしれません。しかし心配はいりません。みんなそうなのですから。金メダルやノーベル賞をいただける人は限られた人なのです。仏教の世界はもっと厳しいかもしれません。「さとりを開いて仏になる人」は稀にも稀です。たった三つのことを成就すればさとれるのに、です。その三つとは戒・定・慧の三学です。ここでは、「定」の難しさを思い知らされる話です。

長楽寺の僧、山において入定の尼を見たる語（巻十三・第十二）

今は昔、京の東山に長楽寺という寺があった。その寺の僧が、仏に供える花を採ろうと山深く入り、峰や谷を登り降りしているうちに日が暮れたので、樹木の

長楽寺　天台宗の開祖最澄が、延暦寺の別院として創建したといわれる寺院。

下で野宿をすることにした。

午後十時頃、ごく近いところから、か弱く尊い声で『法華経』を読誦する声が微かに聞こえてきた。僧は不思議に思い、耳をそばだてた。

「昼はこのあたりに人影はなかったはずだ。修行者でもいるのか？」

と考えもしたが、納得いかなかった。気になりながら聞いているうちに、空が白み夜が明け始めたので、音のする方向に歩み近づいていくと、地面より少し高いところに何かが見えた。「何者なのか？」と、警戒しながら見ているうちに、すっかり夜が明けた。そこで見えてきたのは、なんと苔が生え茨（いばら）がまとわりついた岩だった。

「それにしても、お経を誦している音はどこから発せられているのか」と、なおも怪しく思い、「もしこの岩に修行者がいて読誦しているのであれば、有り難いことだ」と感激もし、尊ぶ心も起こって見守り続けていると、岩が突然動き出し、背が伸びるように高くなり始めた。

「おかしなことがあるものだ」と見ていると、岩はやがて人の姿となって走り出したのだ。よく見ると、六十歳ほどになる尼僧である。立ち上がるにしたがって、

修行者　底本は「仙人」とあるが、山岳で仏教修行する者をさしている。

尼僧　底本では女法師

体にへばり付いていた茨が徐々に剥がれ、叢（くさむら）のようになっていたそのすべてが切れ落ちてしまった。

長楽寺の僧はこれを見て恐ろしく思いながらも、尼僧に、

「これはどういうことですか？」

と問いかけた。すると尼僧が泣く泣く答えるには、

「私は、ここで動かずに心を定め、愛欲の心を起こすこともなく長年修行してきました。しかし、たった今、あなたが来られるのを見て、『あれは男か!?』と一瞬、邪念を起こしてしまったので、〈禅定（ぜんじょう）〉に入る前の女の姿に戻ってしまったのです。それが残念でなりません。つくづく人間というのは拙（つたな）くて罪深いものなのですね。また修行を一からやり直しますが、これまで以上に年月はかかることでしょう」

と言って、泣き悲しみながら山の奥へと歩き去っていったのだった。

と書かれている。

あれは男か　異性を意識する雑念が生じたことを意味する。

禅定　禅も定も心を静めて精神統一すること。

物語では、この後、女性の罪深さに言及するのですが、何も女性だけの話ではありません。男も同様であることは、誰も異論ないことでしょう。

前文で触れた三学について、戒（かい）は「悪を止め、善を修する」、定（じょう）は脚註にあるように「精神を集中させて統一し、雑念を払う」、慧（え）は「一切のものごとの真実を見極める」ことです。

それらの修行一つできない私たち人間が、罪におびえることなく、堂々と仏の道を歩めることができる教えを説き示してくださったのが親鸞聖人です。その教えとは、名号（みょうごう）にこめられた阿弥陀仏のさとりの境地、すなわちすべての生きとし生けるものを救い取ろうとされる大悲心が、念仏となって私に至り届き、私の心身丸ごとをさとりの世界である浄土へと連れ帰ってくださるというものです。しかし、その絶対他力の教えは残念ながら、『今昔物語集』の頃はまだ知らされていませんでした。

ちなみに長楽寺は法然聖人の吉水草庵のすぐそば。親鸞聖人も通られたことでしょう。

《全うすることは難しい!》
一度失った能力をまた復活させて

空を飛ぶものといえば、飛行機にヘリコプター、ハンググライダー、この頃ではドローンというのもあります。さすがに人間自身が自由に飛べるところまではいきませんが、空を飛ぶ憧れのようなものは今も昔もあるでしょう。物語や伝承でも、仙人や天狗など空を飛ぶ存在が語られています。

その一つ、仙人になって空を飛んでいたある修行者が、見てはいけないものを見てしまい、地上に転落してしまいます。そんな情けない(?)仙人の話です。

久米(くめ)の仙人、始めて久米寺を造れる語(巻十一・第二十四)

今は昔、大和国吉野郡(よしののこおり)に龍門寺(りゅうもんじ)という寺があり、二人の男が仙人の修行をしていた。先に一人が仙人となり、その後、久米という名の男も仙人となって、空を

龍門寺 奈良県吉野郡吉野町に存在した寺院。現在は竜門寺跡として奈良県の史跡になっている。
仙人 世俗を離れて山岳に住み、神変自在の術を有する修行者。

ある日いつものように飛んでいると、吉野川で若い女が、着物を腰までかき上げながら洗濯している光景が目に入った。むき出しになった太股（ふともも）の白さに久米の心は穢れ、女の目の前に落ちてしまった。

その後、女を妻として迎え、普通の人間に戻ってしまったのだが、時の天皇が高市郡（たけちのこおり）に都を造られることになり、人夫として駆り出される。そこで、他の人夫たちが久米のことを「仙人、仙人」と呼ぶのを聞いた役人が理由を尋ねた。人夫たちは、久米が仙の法を成就して仙人となり空を飛び回っていたこと、女の白い足を見て転落し、女と結婚したことなどを語った。役人らが、

「そうか、久米は元は仙人だったのだな。とすれば、神通力はまだ失われていないかもしれない。もしそうなら、この多くの材木を自分たちで運ぶより、仙の法を使って空から飛ばしてもらいたいものだな」

と冗談交じりに言うと、それを聞いた久米は、

「私は仙の法を忘れて久しくなります。今は平凡な人間であり、特別な能力は持ち合わせていません」

太股　ふくらはぎという説もある。

高市郡　現在の奈良県橿原市、高市郡付近。

神通力　体得した特別な霊力（超能力）。

と口を挟んだ。

しかし、久米には別の思いもあり「心が穢れて仙人には戻れないだろうが、長年行ってきた法のこと、仏さまがお助けくださるかもしれない」と思い直して、

「やってみましょう」

と申し出たのだった。告げられた役人らは半信半疑ながらも、尊いことと賛成した。

久米は静寂な寺に籠って七日七夜、心身を浄め、食を断ち、心を集中して礼拝恭敬し祈り続けた。そして八日目の朝、突然空が暗くなり、雷鳴とともに豪雨が襲った。ほどなくして雨は止み、その雲間を見ると、大小たくさんの材木が南の山から空を飛んで、都の造られる場所に到来したのだった。

その光景に役人らは驚き敬い、尊んで久米を拝した。天皇もこれをお聞きになって喜ばれ、免田三十町を施された。

その田で建てられた寺が久米寺(くめでら)である。

南の山　植林して材木を伐り出す山。杣山という。

免田　納税を免除された田。

久米寺　大和三山の一つ畝傍山の南に位置する寺院で、久米仙人の創建と伝えられる。

空を飛ぶ能力を失った久米の仙人でしたが、一度獲得した能力は、鍛錬次第でまた復活できるということでしょう。それだけ身に付いていたのですね。一方で、そんな能力がありながら愛欲に心を乱されるのが、人間的でおもしろいところです。

また空中を飛んだり、物を飛ばしたりするのは、飛天や飛鉢と同様、自然（道理）と一体化する境地を表しているといえます。これはいかにも東洋的で、仏教にも通じる世界観です。西洋では、天使が空を飛ぶには翼が必要ですが、東洋では羽衣というショールのような衣だけで飛べるのです。

飛んだり、飛ばしたりすることの意味をどう解釈するか、その意味を探るのもおもしろいのではないでしょうか？

《心得違いをしていました》
極楽に往生するためには何が必要？

智光という三論宗（さんろんしゅう）の学僧がいました。河内国出身の奈良時代を代表する高僧で、奈良市にある元興寺ゆかりの人物です。先の「行基菩薩」の話のところ（109ページ）でも取り上げたのですが、単なる高僧としてではなく、むしろエリート特有の欠点を持つ僧として登場します。しかし、そのまま終わるのではなく、思い込みと実際の落差を見事に克服して、前向きに生きた人間味あふれる僧だったのです。

元興寺（がんごうじ）の智光・頼光（らいこう）、往生せる語（巻十五・第一）

今は昔、元興寺に智光と頼光という二人の学僧がいた。長年、二人は同じ僧坊で暮らし、ともに修学していたが、頼光はやがて年を取るにつれて怠けるようになり、学問もせず、もの言うこともなく、常に寝てばかりいた。一方の智光は、熱心に学問に打ち込んで智慧を深め、優秀な学僧となった。

元興寺　奈良県奈良市に現存する寺院。南都七大寺の一つ。本尊は智光曼荼羅。
智光　110ページ参照。
頼光　伝未詳。

そうした日々が続いた後、頼光は死んでしまった。智光は嘆き悲しんで、

「頼光は長年の親友だったが、晩年は学問もせずに寝てばかりいた。果たして、死んでどんな報いを受けているのか、心配だ」

と思った。二、三カ月して、「頼光が生まれたところを知りたい」と心を集中させて念じていると、智光の夢に頼光が現れた。

そこは眩(まばゆ)いばかりに素晴らしく、まるで浄土のようなところであった。智光は予想とは違っていたので信じられず、頼光に「ここはどういうところか?」と問うた。すると頼光は、

「ここは極楽浄土だ。君が私の生まれたところを知りたがっていたので、示したまでだ。見たなら早く帰る方がよい。君が来るようなところではない……」

とつれなく答えた。智光は言い返す。

「私はもっぱら浄土に生まれたいと、常づね願っていた。どうして帰らなければならないのだ」

それに対して頼光は、

「君は、浄土に往生する因(いん)となる行(おこな)いがないのだ」

予想とは違って… 智光は怠けていた頼光が浄土に生まれるはずはないと思っていた。勉学に励み、智慧を深めた者、すなわち私だったら浄土に生まれられると考えていたことが、その後の話の流れからもわかる。

と厳しい態度である。智光はさらに反論する。

「君の方が、生きている時に何もしなかったではないか」

頼光が言うには、

「知らなかったのか、君は。私は往生する因縁があったればこそ、浄土に生まれることができたのだ。私は若かりし頃、さまざまな経典を読んで極楽に生まれることを願った。常に極楽往生を深く願っていたから、ものを言うこともなかったのだ。寝ても醒めても一日の振舞いはすべて、阿弥陀仏の相好や浄土の荘厳を観察し、他に思いをかけず、静かに寝ていたのだ。そうした長年の行いが実を結んで、浄土に来ることができたというわけだ。君は法文を学んで経典の教理に詳しいかもしれないが、心が定まらず、未だ浄土に生まれる因が得られていない」

と語ったのだった。

智光はそれを聞いて泣き悲しんだ。そして頼光に、

「どうすれば往生することができるのか」

と尋ねると、

「自分には答えることができない、阿弥陀仏にお聞き申し上げればよい」

相好 三十二相八十随形好。仏のすがたの大きな特徴（相）と細部の特徴（好）。
浄土の荘厳 極楽浄土の真実性が、厳かに装飾されて表わされた様をいう。

と言って、仏さまのところにつれて行ってくれた。そこで阿弥陀仏は、

「仏の相好（そうごう）、浄土の荘厳を観ずればよい」

とおっしゃるが、智光は、

「とても広大過ぎて、凡夫の心や目の及ぶところではございません」

と正直に申し上げた。すると、仏さまは、ご自身の掌の中に小さな極楽浄土を顕現された。

そこで、智光の夢は覚めた。

すぐに絵師を呼んで、夢の中で見た仏の掌中の浄土を描かせて、一生の間、浄土往生を願ってこれを観察し続け、智光もまた極楽往生を遂げたということだ。

その後、その僧坊を極楽坊と名づけ、極楽浄土を描いたという絵図をかけて念仏を唱える行事が、今に続いている。

観察し続けて… 常に阿弥陀仏の相好や極楽浄土の様子を心に想い描き、保ち続けたということ。『観経』には、定善（じょうぜん）十三種の観察方法が説示されている。

絵図には阿弥陀三尊を中心に浄土の様子が描かれており、「智光曼荼羅」と呼ばれています。

原本は火災で焼失しましたが、複製されたものが今も元興寺（極楽坊）に安置されています。

ともあれ、智光の果たした役割は日本の浄土教にとって大きく、阿弥陀仏の浄土願生の信心が大切なことを説く、後の法然聖人や親鸞聖人の「他力念仏」につながっていきます。

いずれにせよ、仏教は頭で知識を積み重ねる教えでなく、心で受け取るものであることを、智光、頼光の人間味あふれる行いを通して、物語は伝えてくれています。

《心得違いをしていました》

息子が名僧になることを望まなかった母

今の社会は「生きることは自己主張すること」と言わんばかりに、自分本位の生き方がはびこっています。目立ちたがりが多いのです。そうしなければ生きている実感が湧かないのかもしれません。それで、社会の中で存在感を発揮するために学力と知識を身につけ、競争に勝ち抜いて高い地位と報酬を得て、また名声を高めることがおのずと人生の目的になってくるのです。

しかし、それとは真逆に、人びとを利益する（救う）ことの大切さを、母から学び、実践した僧がその昔、いたのでした。

源信僧都の母の尼、往生せる語（巻十五・第三十九）

今は昔、横川の源信僧都は大和国葛下郡の人で、幼い時に比叡山に登って学問し、優秀な学僧になった。

ある時、皇太后主催の御八講の講師に初めて抜擢され、御前で講説する栄誉を

源信僧都　平安時代中期の天台宗の僧。浄土真宗では、七高僧の第六祖とされている。

大和国葛下郡　現在の奈良県大和高田市・葛城市のあたり。源信は当麻の里（現・葛城市当麻町）出身。

皇太后　先代の皇后三

得た。無事に使命を果たし、多くの捧げものを賜ったので、故郷の母親が喜ぶだろうとその一部を送った。ところが母は、

「送ってもらった物は喜んでいただきます。立派な学僧におなりになったものですね。ただし、このような名誉ある御八講に参られるような僧になってほしいと思って、私はあなたを比叡の山に登らせたのではありません。あなたは喜ばしいことと思っているかもしれませんが、老いた尼（母）の思いとは違います。たった一人の男子であったあなたを幼い時に出家させたのは、よく勉強して真の教えを身につけて、世俗に染まらず、名利を求めるのでもなく、罪深いこの尼の後世を救ってくれるような貴い聖人になってもらいたいと思ったからなのですよ」

と返事の手紙を寄こしたのだ。

僧都はこれを読んで、涙が止まらなかった。自分の気持ちを伝えたくて、すぐに返事を書いた。

「源信は華やかな名僧になろうとは、さらさら思っていません。ただ宮さまがたの御八講に参ったことをご報告しようと思ったまでのことですが、母上からこのようなお言葉をいただいたこと、深く心に届いて感動し、嬉しく思っています。

条の太后と呼ばれた昌子内親王をさす。
御八講　法華八講のこと。『法華経』八巻を八座に分け各座で選ばれた講師が講説する法会。宮中をはじめ、寺や貴族邸でもさかんに催された。特に上皇、皇太后や皇族方が主催する法華八講は御八講と呼ばれ、尊ばれた。
名利　名誉と利得
後世　来世。死後に生まれ変わる世界。迷いの衆生は六道（65ページ参照）の中のどこかの世界に生まれることになる。
名僧　ここでは世間で名の知れた僧。有名な僧。

これからは名利を離れ、山に籠って修行に専念し、徳ある聖人に成ります。母上が〝会ってもよい〟とおっしゃるまで、山を降りるつもりはありません」

といった内容の手紙を送った。受け取った母が喜んだのはいうまでもない。その後、母からの手紙を経巻の中に収め、心に留めながら修行を続けた。


丸六年が過ぎた頃、僧都は、母が恋しく思っているのではないかと思い、「会いに行ってもよいか」との手紙を送った。しかし母は、「会って自分の罪が消えるわけでもないから」と気丈にも断り、それからまた三年が過ぎ、計九年が経った。

「こちらから言うまでは来ないでよい」と寄こした母ではあったが、源信は妙に母のことが気になり、会いたいとの気持ちが強くなって故郷へ出かけた。


途中、大和国に入ったところで、手紙を持って比叡山へ行こうとしていた男に出遇った。母からの手紙だと知り、源信が受け取って読むと、乱れた筆跡で、

「年を取ったからでしょうか、風邪だと思っていたのですが、この二、三日で急に体が弱ってきて、臨終が近づいたようです。あなたに会うことなく終わっていくのかと考えると、たまらなく恋しく思います。どうか早く来てください」

と書かれていた。源信は、雨のように涙を落としながら、馬を速めて我が家に辿

聖人 一途に修行に専念する徳の高い僧。（119ページ参照）

僧都 僧の官位で僧正に次ぐ僧官。僧尼を統領する僧綱の一つ。

臨終 いのちが終わる間際。死にぎわ。臨終に心を乱さずいのち終わることを誰もが望んでいた。

り着いた。すると弱りきった母が驚いたように、

「こんなに早く来られるとは。会えて嬉しい」

と素直に喜び、

「死ぬ時にはお会いできないと思っていたのが、こうしてお会いすることができたのは、母子の縁が深いおかげでしょう。有り難い」

と息も絶え絶えに言う。源信が、

「念仏は申されていますか？」

と呼びかけると、母は、

「体が弱って唱える気力がない上に、念仏を勧める人もいませんでした」

と答える。源信は、念仏の功徳やいわれなど貴いことを言い聞かせて勧めると、母は心から有り難く思って念仏を百回ばかり唱え、明け方、消え入るように息を引き取ったのだった。

「み仏への信心を発こして念仏を唱え、いのち終えられたのだから、往生は疑いないです。また親子の絆で、私を聖の道に勧め入れてくださったその志（こころざし）からも、尊く終られたことでしょう」

み仏への信心　原文は「道心を発して」だが、もう少し具体的な表現に変えた。

往生は疑いない　客観的な確証は得られないということを表わしているが、親鸞聖人は「信心をいただいた時に往生は決定する」と味われ、臨終のときの様子にかかわらず、平生に信心を得れば浄土往生が確定すると説かれた。

と、僧都は涙を流して、横川に帰られたのだった。

念仏は、声に出して「南無阿弥陀仏」と称えることです。しかし、そこに仏さまの温もりの心が伝わってこなければ、称える本人の心が安心することはないでしょう。念仏を阿弥陀仏のお喚び声と聞いて、そのお心に自分の身を委ねることができた時、娑婆でのしがらみや、不安から解放されていきます。

現代では、死ぬ前の終活に関心が向いていますが、死んだ後のことはあまり考えていないようです。しかし、昔から「後生の一大事」といって、人生を終えてわがいのちがどこに往くのか、はたして帰るところがあるのかどうか、これが大変重要な関心事だったのです。もちろん、浄土往生の願いは生きている時にしっかりと心に刻んでおくべきものであることはもちろんです。

《心得違いをしていました》

邪心を転じて仏道に向かわされた僧

素質はあるのに、実力が発揮されていない人がいるとすれば、その人にやる気を起こさせ、「宝の持ち腐れ」で終わらせたくないと誰もが思うことでしょう。

ここで紹介するのはそんな、素質はあるけれども、持っている能力を十分に発揮できないでいる僧が、絶世の美女に出逢って次々と難題をクリアし、立派な学僧になったという痛快な話です。男は美女の願いだったら、たとえ火の中、水の中、どんなことでもやってのける力があるということでしょうか。そしてその美女の正体は？

比叡山の僧、虚空蔵（こくうぞう）の助けに依りて智（さとり）を得る語

（巻十七・第三十三）

今は昔、比叡山に、さとりを求める気持ちはあるものの、遊び心が邪魔をして修行に身が入らない若い僧がいた。ただ『法華経』を読み、嵐山（あらしやま）の法輪寺（ほうりんじ）に詣で

法輪寺　嵐山の中腹に位置する真言宗の古刹。

て虚空蔵菩薩に祈ることだけは続けていた。

秋のある日、法輪寺に詣でた僧は、寺の僧と話し込んでいるうちに時が過ぎ、帰る途中の西ノ京で日が暮れてしまった。宿を求めて歩いていると、前方に唐風の門構えをした家があった。門前に立っていた童女を通じて一晩の宿を請うと、幸い引き受けてくれて客殿に通される。

飲食の接待を受けた後、引戸が開き、几帳（きちょう）の向こうから世話役の女房が宿を請うた理由を尋ねた。比叡山に帰る途中で日が暮れたことを述べると、女房は、

「法輪寺の帰りなら、いつでもお寄りください」

と言って、引戸を閉めて立ち去るが、几帳の横木がつかえて戸がきちんと閉まらなかった。

夜になり、庭を散歩していた僧は、正殿（寝殿）の蔀（しとみ）に穴が空いているのを発見した。中を覗くと、主人と思われる女が横たわりながら、草紙を読んでいるところだった。年は二十歳ぐらいだろうか、灯りに映るその姿はこの世の人とは思えないほど美しく、若い僧はいっぺんに心を奪われてしまう。

「どんな因縁があって今夜ここに宿を取り、この人に逢うことになったのか」

虚空蔵菩薩　虚空のごとく広大無量の福徳・智慧を持ち、衆生の願いを成就する菩薩。明けの明星は、虚空蔵菩薩の化身・象徴とされる。

几帳　衝立（ついたて）のこと。

蔀　雨戸のこと。

草紙　和綴じの本。

と、その宿命の出逢いを喜んだ。わが思いを遂げずに生きていくことなど考えられないと、閉まり切っていない引戸から正殿に入り、彼女の寝床にそっと近づいて添い臥したのだった。やがて女は気づいて、

「このようなことをなさるとは悔しいです」

と嘆き、拒否する。しかし、僧があまりに苦しみ悶えるのでこう語った。

「もし、『法華経』をすべて暗誦できたならば、あなたの望みにお応えしましょう」

女と結ばれたい一心の僧は翌朝、喜び勇んで山に帰り、寝る間も惜しんで、お経の暗誦に専念した。するとどうだろう。たった二十日で暗誦できたのだった。

この間にも、僧は女の元に手紙を送ったのだが、その返事にいつも衣服の布や食料の飯などを添えて送ってくれたので、僧はなおいっそう「頼られている自分」を思ってうれしかった。

さて、そうして暗誦できた僧は法輪寺にお参りした後、念願の女の家に立ち寄った。前回と同じように女房の接待を受け、夜が更けて皆が寝静まると、僧は例の引戸を開けて彼女の部屋へ入り、寝ているそばに寄り臥して懐に入ろうとした。すると、女は目を覚まして、またも衣を押えてこう言った。

衣服の布や…　いわゆる仏教信者が行う布施、供養の行為。ここでは僧供養にあたる。

女房　主人の女の側近で、家事を取りしきったりして補佐する女性。主人である「女」とは別人。

「確かにお経を暗誦されたのはすばらしいことですが、それだけの理由で結婚するのは、いかにも安易で世間の目が憚（はばか）られます。学問も身につけて、皇族方や貴族の方々に頼りにされる立派な学僧になってください」

と新たな目標を上げ、僧にお願いした。女の言葉に頷いた僧は、さらに三年間、彼女のことをひと時も忘れず、懸命に学問し、第一級の学僧になったのだった。

念願叶って女の元にやってきた僧は、今度こそは彼女と結ばれると思い、何よりの楽しみにしていたのだったが、肝心な時に疲れ果てて眠ってしまう。そして目を覚ますと、なんとあたり一面が野原に変わっていたのだった。

裸同然の僧は、寒さに身を震わせながら、呆然とした気持ちで桂川（かつらがわ）を渡り、法輪寺に辿り着いた。本堂に入り、ご本尊である虚空蔵菩薩の御前にひれ伏し、

「こんな悲しくて恐ろしい目に遭って、私は心が震えています。どうかお助けください」

とお願いしているうちに、気を失い、寝入ってしまう。すると、夢の中で内陣から端正な若い僧が出てこられ、悩める僧のそばに来て、

「あなたが常に私のもとで、才智を恵んでほしいと責め立てるので、何とかして

疲れ果てて…　この間、主の女がお経の細部にわたって難しい質問をしており、僧の力量を確かめていた。それからも仏教について、うちとけて語り合ったことが綴られている。

あげようと思って謀（はか）ったまでのことです。あなたは女の人にとても関心があるので、それを利用してさとりに向かわしめようとしたのです。あなたは恐れることはありません。比叡山に戻って、ただ仏道を学び実践するまでです」とおっしゃったところで、夢が醒めた。

僧は、虚空蔵菩薩が私を助けるために美女となって仏道に向かわしめ、励まし続けておられたのだと知り、涙を流して悔い悲しんだ。そしてその後、心を尽くして学問に励み、優秀で貴い学僧になったということだ。

私を助けるために これまでの出来事、つまり美女になって、怠け心の僧を奮い立たせ、仏教の習得にまい進させたのは、すべて虚空蔵菩薩のはからいだったことが明らかにされた。

人間は目標がなければ、なかなか努力しないということなのでしょうか。それにしても動機が不純に思えます。そんな私たちの本性も、仏さまは見抜いておられるのでしょう。

仏教は「対機説法（たいきせっぽう）」といわれます。教えを受ける（聞く）人の能力や素質に合わせて、もっとも相応しい方法で仏法（教え）が説かれるのです。菩薩がこの比叡山の僧の願いを叶え、さとりに向かわしめるために最適な方法として選ばれたのが、ご自身が絶世の美女になることだったのでした。僧の心を見抜いた対機説法の妙といったところです。

もし、あなたのそばであなたを支え続け、やる気を起こさせてくれる人がいるとすれば、その方は仏さま、菩薩の化身かもしれません。例えば妻（夫）とか親友・ライバルとか……。

第五章「世界は今よりずっと広かった！」

《人間を取り巻く奇怪な〝生き物〟たち》

夜中に葬った死人が動き出した！

現実には起こっていないのに、起こったように錯覚することは、今でもそして誰でも経験することかもしれません。また幽霊とかＵＦＯとか、あるいはネス湖のネッシーなどが、万民の前に現れることは今のところないので、生活に影響することはまずありません。ところが平安時代は、夢やまぼろしが人びとの現実の生活に深く関わっていました。たとえば、天狗に鬼に龍（蛇）、狐や狸といった〝生き物〟たちは、人間の知識や理屈を超えたところでごく普通に活動していました。野猪という大きな狸（たぬき）の類と思われる動物も人をたぶらかしていました。

播磨国印南野（はりまのくにいなみの）にして、野猪（くさいなぎ）を殺す語（巻二十七・第三十六）

今は昔、西国から京に上る飛脚（ひきゃく）の男がいた。播磨国の印南野で日暮れになったので宿るところを探したが、付近に人家はなく田野ばかり広がっていて、適当な

飛脚　手紙や品物を運び届ける人夫。
播磨国　現在の兵庫県

ところがない。田を見守る粗末な小屋が一つだけあったので、男はそこで夜を明かすことにした。用心のため、服のまま太刀を身につけて、寝ずにじっとしていようと思った。

夜が更けた頃、西の方から金鼓(こんぐ)を叩き、念仏を唱えながら近づく人の声が聞こえてきた。見ると、松明を持つ人たちが列なり、その後ろから僧たちが鉦(かね)を鳴らして念仏を唱え、さらに多くの人びとが続いて、こちらへやってきた。

葬送が行われていたのだ。葬列は小屋の二、三段(だん)ほど先で止まり、棺が下ろされた。

男は、薄気味悪くて身動きできなかった。「もし見つかれば、自分は飛脚で、日が暮れたのでこの小屋に泊らせてもらったと正直に言おう」と思いつつ、「しかし、葬送ならば事前の準備があったはずで、自分にもわかりそうなものだが、夕方、そういう様子はなかったなぁ」と不思議に思った。

やがて、人びとが取り囲む中を死人は葬られ、鋤や鍬を持った連中が土を盛って卒塔婆(そとうば)を立て、儀式が終わると全員が引き上げて行った。

男は、人気がなくなると、余計に恐ろしくなって身の毛がよだった。恐る恐る墓

南西部。播州。

印南野　兵庫県南部、今の加古川市から明石市にかけてあった原野。

金鼓　仏具の一種。僧が首にかけ、念仏を唱えながら打ち鳴らす。鉦鼓。

葬送　葬儀の一過程である野辺送り。

段　一段は約10m。

卒塔婆　本来は仏舎利（お釈迦さまの遺骨）を納めた仏塔のことだが、日本では死者を追善する思いで遺骸を納めた塚（お墓）の上に板製のものを立てた。

の方を見ると、墓の上が動いたように感じた。錯覚かと思ってもう一度見ると、今度は確かに動いた。「どうして動くのか?」と不安にかられたとき、突然、何ものかが墓から出てきた。裸の人のようだった。埋められた死人なのだろうか、こちらに向かってくるではないか。暗くてよくわからなかったが、かなり大きなものだった。

男は、「葬送の所には鬼がいるといわれる。その鬼が私を食おうと思って、やってくるに違いない。あぁ、もうおしまいだ」と思った。その上で「同じ死ぬなら、鬼に向かって行って切りつけてやろう」と覚悟を決め、太刀を抜いて小屋から飛び出し鬼に突進した。そして力の限り切りつけると、鬼はもんどりうって倒れたのだった。

その後、男は必死になって人里めざして逃げきった。人家の軒先で一夜を明かした翌朝、村の人びとを連れて葬送の場所に戻ってみると、あるはずの墓も卒塔婆も見当たらない。ただ、息絶えた大きな野猪が横たわっているだけなのであった。

これを思うに、この男が小屋に入るのを野猪が見て、脅かそうと思い謀ったのだろう。つまらないことをして、死んでしまったものだと、人びとは喧(かまびす)しく語り合った。

裸の人　死骸は裸が多かった。

葬送の所には鬼…　鬼は人を喰らうとされていた。死人も食べると思われ、墓穴に鬼がいるというイメージだった。

野猪　タヌキあるいはムジナの類の動物。イノシシではない。

人に錯覚させ驚かせ、面白がろうとしたのでしょうか？　まさか殺されようとは思ってもみなかったでしょう。どこか間の抜けたドジな野猪ですが、この話から、葬送は夜行われていたことがわかります。土葬と火葬の違いはありますが、葬場まで隊列を組んで遺体の入った棺を運び、勤行の後、埋葬か火葬が行われました。地域によっては葬る前に一定期間、霊屋（たまや）に安置するところもあったようです。

葬場に送る時には、道すがら鉦（かね）を叩いて、念仏を唱えながら進みました。そういえば、今は葬送の光景はほとんど見られなくなってしまいましたね。

《人間を取り巻く奇怪な〝生き物〟たち》

巧妙な詐欺に騙されないように……

自分が切実に求めているものを「きっと叶えられますよ」と、優しく自信たっぷりに言われると、人はその気になってしまいます。それも人生をかけた願いとか、心の隙間を埋めてくれそうな宗教ともなれば、なおさらです。また、思い入れが強いほど、その場の雰囲気や、決断を迫って追い込む心理作用によって、つい判断を狂わせ信用してしまう確率が高まるのです。

しかし、そこでいきなり身も心も捧げてしまうのは、あまりにも危険な行為と言わねばなりません。

伊吹山（いぶきやま）の三修禅師（さんしゅぜんじ）、天宮（てんぐ）の迎へを得る語

（巻二十・第十二）

美濃国伊吹山で修行する聖人がいた。名を三修禅師といい、長年、仏法を学ぶことをせず、ただ阿弥陀仏の念仏を唱えるだけで、念仏のいいわれを聞き味わうと

美濃国　現在の岐阜県南部。

伊吹山　古くから霊峰

いうこともしなかった。

ある日の夜更け頃、聖人がいつものように仏前で念仏を唱えていると、中空から声が聞こえてきた。

「あなたはよく私を頼りにし、数多くの念仏を唱えてくれた。そこで、明日の午後、（極楽浄土へ導くために）あなたを迎えに来てあげよう。けっして念仏を怠ってはなりませんよ」

そんな〝声〟を聞いた聖人は感激し、念仏を唱える声にもいっそう力が入った。

翌日、身を清め、香をたき、花を散らして仏を迎える準備を整えた聖人は、弟子たちと念仏を唱えながら、西向きに座っていた。

すると午後三時頃、西山の峰付近が明るくなり、やがて仏さまの頭が金色の光明を放って見え始める。青蓮華のような目は切れ長で、まるで月の出のようだ。仏さまには妙なる音楽を奏でる諸菩薩が随（したが）い、空からはきれいな花が降りそそいで、貴いといったらない。仏さまの眉間から出る光は聖人を照らし、聖人は感激のあまり、念珠の緒が引き千切れんばかりに拝み入った。

ほどなく紫雲が坊舎の上まで来て、蓮台を持った観音菩薩が近寄られる。聖人

として知られ、山岳修行の山だった。ヤマトタケルの神話でも知られる。

三修禅師　東大寺の僧。伊吹山で修行を続けた。

仏法を学ぶことをせず　実際は学僧であり、事実とは違っている。念仏を唱えてばかりいることを強調するあまりの表現なのかもしれない。

聖人　119ページ註参照。

花を散らし　散華のこと。仏を讃えて、花をまき散らすこと。

青蓮華のような目　仏眼の清浄なさまを表わす。

妙なる音楽　阿弥陀仏の来迎の際にあらわれるお決まりの現象。

仏さまの眉間　白毫があり光を放つ。

紫雲　これも聖聚来迎のシンボルの一つ。

は夢心地で蓮台に這い乗り、仏に迎え取られて西方へと去っていったのだった。

　ところが一週間後、弟子たちが薪を伐りに奥の山に入ると、谷に突き出た大きな杉の木の先で叫ぶ声がした。よく見ると師の聖人ではないか。極楽に迎えられたはずの師が裸にされ、木の枝に縛り付けられていたのだ。弟子たちは泣きながら蔓を解いて下ろそうとするのだが、聖人はなおも仏さまの行為だと信じ、

「み仏はここでしばらく待てと言われた。なぜ下ろす！」

と大声で喚く。弟子たちはほとほと情けなく思い、また気の毒がりながらも、抵抗する聖人を下ろし、坊舎に連れて帰った。聖人が亡くなったのはその二、三日後であった。

　熱心に修行する聖人だったが、偽物の仏と本当の仏とを分別する智慧がなく、天狗が仕掛ける幻影にすっかり騙されてしまったのだった。このような魔物と仏の世界は、まったく異なる次元の世界であることを理解できずに謀られてしまったということだ。

気の毒がり　あきれて哀れな思いを抱いた。

天狗が仕掛ける幻影　一連の出来事が天狗の仕業だったことを明かす。『今昔物語集』では天狗は仏教を妨害する魔物として登場する。

阿弥陀仏の来迎の場面が詳しく語られていますが、仏さまが伝えようとされた教えの真意を汲み取ることの大切さを改めて思い知らされます。親鸞聖人が、念仏の教えに入られるまでに法然聖人のもとに百日間も通われ、疑問点を徹底的に尋ねられた重みを感じずにはおれません。真実に出遇うことは「有り難し」です。

親鸞聖人は、阿弥陀仏の大悲心（本願）が迷える「私」に念仏（力(はたらき)）となって至り届いてくださっていると味わわれました。その如来の本願力（真実）を「他力」と表現され、自分の力を頼りに浄土往生を遂げようとする自力修行を退けられ、ひたすら他力の念仏をいただかれ、喜ばれたのでした。主著『教行信証』（行巻）には「自力をたのみにして臨終を待つ者は、魔物の妨げを受ける」（大意・『浄土真宗聖典（註釈版）』178頁）と述べられています。

現代社会でも、甘い誘惑や親切心を利用したもの、また脅しや不安を煽るなどあの手この手を使って、さまざまな詐欺行為が頻発しています。どうか騙されないように用心してください！

《人間を取り巻く奇怪な〝生き物〟たち》

透明人間にされてしまった男

白黒テレビの時代に「透明人間」という外国ドラマが放映されていました。誰もいないのにドアが開いたり、冷蔵庫から食べ物が飛び出したりして、そばにいる人たちがびっくりするシーンが痛快でした。この透明人間は、化学薬品を飲んで透明になったと記憶していますが、科学的に現象を捉えようとする発想でした。

これが昔の日本なら、怪奇現象として亡霊の仕業かと、考えたことでしょう。『今昔物語集』にも、生身の人間があるものによって突然姿を消され、透明人間になったというまるでテレビドラマのような話があります。

隠形(おんぎょう)の男、六角堂の観音の助けに依りて身を顕はせる語（巻十六・第三十二）

今は昔、京に六角堂の観音を信仰する若い男がいた。大晦日の夜、知人を訪ね

六角堂　中京区・烏丸

ての帰り道に一条堀川の橋を渡ろうとした時、西から松明を掲げて近づいてくる人たちが見えた。身分の高い人が来ると思った男は、急いで橋の下に隠れる。橋の上を通り過ぎる一行を下から見上げてみると、何と人ではなく恐ろしい形相の鬼たちだった。

生きた心地がせず茫然としていると、気配を感じた鬼たちが男を掴んで橋の上に引き上げた。しかし罪も害もない男だとわかると、鬼たちは唾（つば）を吐きかけただけで去って行った。

命拾いした男は、妻子の待つわが家へと帰った。しかし家に入っても妻子は言葉一つかけず、知らん顔をしている。男はドキッとした。鬼に唾を吐きかけられた時に、姿が見えなくなってしまったのだと気づいたのだ。姿だけでなく、声も聞こえなくなっていた。

妻子は男が殺されたのではないかと心配し、男は男で自分の存在を伝えられなくて悲しみに暮れる。

数日後、男は六角堂に籠って、観音に、

「どうか、姿が見えるようにしてください」

六角にある聖徳太子創建と伝わる寺。親鸞聖人が百日参籠され、夢告をうけ、法然門下に入られたことで知られる。本尊は如意輪観音。

一条堀川の橋　一条戻橋。平安京造営に際し架橋された。この世とあの世の境となる橋とされ、数々の逸話の舞台として有名。

恐ろしい形相の鬼たち　一つ目の鬼、角のある鬼、多くの手をもった鬼などがいて、いわゆる百鬼夜行である。大晦日は鬼神たちが集合するとされていた。

唾を吐き…　唾には特別な呪力があるといわれる。

とお願いする。半月ほどして男は夢を見た。高貴な僧が現れ、こう告げるのだ。

「明朝、速やかにここを出て、初めに出会った者の言うことに随(したが)いなさい」

翌朝、男が出会ったのは、牛飼童(うしかいわらわ)の幻影だった。

「一緒にくるように！」

と言われてついて行くと大きな屋敷があり、姿なき二人は誰にも気づかれずに奥の部屋まで進んだ。部屋には一人の姫が病で臥せていた。牛飼童は男に小槌(こづち)を持たせて、姫の頭や腰を叩かせる。そのたびに姫は悶え苦しむのであった。

両親は娘を救おうと、修験道の僧を呼び寄せた。僧の読経に男は貴く聞き入るが、牛飼童は一目散に逃げてしまった。続けて僧が不動明王の呪文を唱えると、男の着物に火がついて男は悲鳴を上げる。と同時に、ついに男の姿が顕わになったのだった。

その場にいた人たちは、驚いて男を取り押さえた。男が事の次第を語っているうちに、姫の病は平癒し、皆は大喜びだ。男も解放され、家族と再会することができ喜び合った。

牛飼童は、誰かが姫を呪詛(じゅそ)するためにあらわれた疫病神(やくびょうがみ)だった。また、男が姿

牛飼童　牛車の牛を駆使する者。成人でも童髪だった。

小槌　打出の小槌は物を生み出すが、ここでは、病人を苦しめる呪物だった。

修験道　山中で修行し、呪力を獲得する山岳仏教の一つ。

不動明王の呪文　三呪の中の大呪である火界呪のこと。大火焔を想念しつつ唱えて、悪霊を退散させる。

呪詛　恨みに思う相手

をあらわすことができたのは、六角堂の観音のご利益があったからだと語り伝えられている。

透明人間になった原因が人工的な薬でなく、天然の唾である点や、鬼という得体の知れない存在も理屈を超えていて、やはり日本的です。夢幻の世界と現実世界との境目は、人の心が深く関わるだけに微妙なところがありますが、そうした幻影の世界から現実世界に還らせてもらったのは、観音菩薩という仏さまのはたらきによることを味わっていただければと思います。

仏さまの揺るぎない心を仰ぐことで、やがて自分自身のありのままの姿に気づき、戻らせていただくことができたということでしょう。もし自分が嫌で姿を隠したいと思っている人がいたなら、ぜひこれを読んで、ありのままの自分の素晴らしさを見つけて、堂々と人生を歩んでください。目に見える形ある世界よりも、目に見えない心の世界の方が、実は比較にならないほど大きく、人生にとっても重要であるということですね。

に災いが起こるように神に祈願すること。のろい。

疫病神　疫病を流行させる神。単に、病を起こさせる神でも使われる。

《こんな有り難い動物たちもいます》

人間の赤子を育てた風格ある白い犬

今は、地球もその自然やそこに棲む小さな生き物まで、その命運は人間の手に委ねられていますが、そうした人間中心の世界観は近代以降の話で、特に日本ではせいぜい五十年か百年ほど前からの話でしょう。昔は、人間の生活圏のすぐ隣には別の生き物の生活圏があり、お互いに尊重しながら住み分けていました。里山というのはちょうどその境界ゾーンだったわけです。そうした環境が育まれた背景に、仏教の「一切衆生悉有仏性」（『涅槃経』）の考え方があったのではないかと思います。生きとし生けるものすべてに仏の素質があるというのです。

達智門の棄子に狗、蜜に来て乳を飲ましむる語

（巻十九・第四十四）

今は昔、嵯峨野あたりに行こうとする人なのだろう、朝がた、大内裏北の達智門を過ぎようとした男が、門の下に、生まれて十日余りの可愛らしい男児が捨て

嵯峨野　京都市右京区にある桂川の北側の平地。

られているのを目にした。「低い身分の子とはとても思えない清らかさを感じる」赤子で、筵（むしろ）の上に寝かされた状態で泣いていた。「何とかしてあげたい」と思ったが、急いでいたのでそのまま通り過ぎてしまった。翌朝、用事を済ませて達智門まで帰ってくると、意外にも同じ場所で赤子はまだ生きていた。

「昨日の一昼夜、よくも野犬に襲われなかったものだ」

と感心しつつ赤子の様子を見ると、昨日より顔色がよく、泣くこともなくて元気に筵の上で寝ている。それを見届けて家に帰った。

「赤子がまだ生きていたとは信じ難いことだ」

男は気になって次の朝も様子を見に行くが、やはり赤子はまだ生きているのだった。

「どうも理解できない。しかし、何かわけがあるに違いない」

その夜、再び門に行き、崩れかけの築垣（ついがき）の陰に隠れて様子を窺（うかが）うことにした。

やがて周りに野犬がたむろしはじめた。しかし、赤子のそばには一向に近づこうとしない。

「なるほど、こういうこともあるのか」と、奇怪に思いながら見ていると、夜更

達智門　平安京大内裏の外郭十二門の一つで、一条通に面する北側の東寄りの門。

築垣　土塀。大内裏の土塀が崩れかけていることからも人の流れが少なく寂しい雰囲気が感じられる。

けにどこからともなく風格のある大きな白い犬が現れて、赤子のそばに近寄った。「あっ、食べられてしまう」と思った瞬間、白犬は横たわり、赤子に自らの乳を吸わせたのだった。

「なんと、この子は毎晩、犬の乳を飲んで生きていたのだ」

と合点がいって、ひとまず帰宅した。

次の夜も念のため確かめに行くと、やはり前夜同様、白犬が乳を飲ませていた。また次の夜も見に行くと、今度は赤子の姿はなく、白犬も現れなかった。人の気配を感じ、どこかへ連れて行ったのだろう。

それにしても、この白犬は只者とは思えなかった。姿を現すだけで、他の犬どもは逃げ去ったのだから……。きっと赤子を立派に育てあげたことだろう。まるで仏か菩薩が、人間の子を救わんがために現われてくださったかのようだ。犬は慈悲心がないものだと思っていたが、この現実を見て、どうにもわからなくなってしまった。

白い犬 白は上品で、高貴な感じを抱かせる。表題の「狗」は犬のこと。

また次の夜も… 不思議な現象に、好奇心を高めていることがうかがえる。

只者とは… 神聖な存在と感じていることがわかる。

当時、都といえども野犬がたむろし、捨て子も珍しくなかったことが、物語からわかります。と同時に、人と犬が微妙な緊張感を保ちつつ、互いの生活圏を認めながら、共存していたことも伝わってきます。今は、犬を人間社会の中に取り込んで、ペット（愛玩動物）として飼い可愛がりますが、それとは基本的に違った姿勢です。

犬だけではありません。他の動物との関係についてもいえるでしょう。なにしろ六道の中の人間と畜生です。いつ自分も畜生に生まれ変わるかもしれないのですから――。

仏さまが「十方衆生（生きとし生ける者よ）」と呼びかけられる所以がそこにあります。人間中心の世界観から少し視野を広げてみると、いろいろなものが見えてくるかもしれません。そういう意味では、昔の人間の視野は今よりずっと広かったような気がします。

《こんな有り難い動物たちもいます》

有り難かった亀の行為

現代社会は、便利で安全な環境が整っているため、その裏で多くの人のご苦労やお陰を被って自分が生きていることを、あまり実感できていないかもしれません。しかし災害や危機に陥った時など、人の温かい言葉や親切な行為に心が落ち着き、助けられることが少なくありません。それは人間に限ったことではなく、小さな動物に人間が慰められることもありますし、反対に人間の愛情たっぷりの行為が、動物のいのちを助けることだってあるでしょう。

亀、山陰中納言(やまかげのちゅうなごん)に恩を報ずる語（巻十九・第二十九）

今は昔、醍醐天皇の時代に、山陰中納言という貴族がいた。中納言はたくさんの子がいるなかで、特に一人の男児を可愛がっていた。継母にあたる妻もその児を大事にするので、中納言は安心して養育を任せていた。

やがて九州は太宰府(だざいふ)の帥(そつ)に赴任することになり、一家そろって船で出かける。と

山陰中納言　藤原山陰。平安時代の公卿。

太宰府　現在の福岡県中西部、筑紫地域にあった役所。九州地区の行政機関で、防衛、外交をつかさどった。

ころが鐘ノ岬（かねのみさき）を過ぎて玄界灘（げんかいなだ）に入ったあたりで、継母は男児を抱いて小用させるふりをして海へ投げ落とした。密かに殺す機会をうかがっていたのだった。しかし、周りの者は誰一人気づかなかった。

そのまましばらく船が進んでから、頃合いを見はからって継母は、

「若君が転落された！」

と泣き叫んだ。それを聞いた中納言は、今にも海に飛び込みそうな勢いで激しく嘆き悲しんで、

「わが子が見つからない限りはここを動かない」

と船を止めさせ、小船を海に降ろして徹底的に捜させた。しかし、そこは男児が転落した場所からかなり離れている。それを知っているのは継母だけであった。

一晩中従者たちが捜し回っても見つからず、あきらめかけていると、夜が明け始め、海面に白い小さなものが浮かんでいるのが目に入った。カモメかもしれないと思って近づいてみると、海の上で波を叩いて遊んでいる若君がいたのだ。さらに近づくと、何と傘を広げたほどの大きな亀の甲羅の上に、若君は乗っていたのだった。

帥　長官。
鐘ノ岬　福岡県北部の響灘と玄界灘を隔てる岬。
玄界灘　九州北方の海域。荒波で知られる。
見つからない限りは　生死がはっきりしない限りは、の意味。

こうして、若君は無事船に戻ることができた。その後、中納言の夢に亀が現れた。

「私は一年前、淀川の河口で捕えられていたところをあなたさまに買い取っていただき、海に放してもらった亀です」

と話した。そして、

「ご恩をどのようにお返ししようかと思いながら月日が経っていたところ、太宰府へ船で旅されることを知り、お供させていただこうと船に付き随ってまいりました。鐘ノ岬あたりで継母が若君を船の高欄越しに海へ投げ落としたので、その児を甲羅の上で受け取り、急いでこの船までお連れして参ったのです」

と語り、

「これから先も、継母にはお心を許してはなりません」

と忠告して海中に潜ったところで、中納言は夢が覚めた。

亀のお陰で、中納言は継母の本心を知り、男児を遠ざけたので、無事に育ち、京に戻ってからは男児を出家させ、その後、立派な僧になったということだ。また中納言の亡きあと、継母を扶養したのも当の男児だったという。

それにしてもこの亀、恩を報じるというだけでなく、人の命を助け夢見をさせ

淀川の河口　底本の文では「河尻」となっている。淀川水系の神崎川の河口付近にある地名で、交通の要衝。

高欄　欄干。

継母を扶養した　現代人には考えられない行為のようだが、当時の

るなど、只者ではない。仏か菩薩の化身ではないかと思われる。

恩を感じて初めて有り難いと思うものですが、それは感じた分だけが返ってきたり、返したりするものではありません。何倍にも何百倍にもなって返ってくることも有り得るのです。そうした返すことのできないほど大きなご恩を感じる幸せを、この話では「仏・菩薩の化身」と表現しています。海の中という人間社会とは異なる世界に棲む亀に託して、無量なる浄土の世界から仏のはたらきを受け取るかのように、大いなる恩徳を仰ぎ知ることができれば、人生はきっと豊かに、そして有り難く思えてくることでしょう。

仏教感覚では、有り得る寛容さだったと思われる。

只者ではない 『今昔物語集』では仏・菩薩の化身のようだと語る時の常とう句。

《どの世界でも生きるのは大変です》

小さな虫たちの必死の戦い

ある年の秋、境内の生垣にできた大きな蜘蛛の巣に蜂が引っ掛かったかと思うと、蜘蛛がすばやくやってきて、糸でぐるぐる巻きにするところを目の当たりにしました。「なんと、蜂も蜘蛛の餌食になるんだ」と驚くとともに、さまざまな工夫をこらして獲物を仕留める蜘蛛の知恵者ぶりに感服したものでした。ところが、既にご紹介したように（151ページ）蜂もなかなかの切れ者で、集団を統率する能力も長けています。

まるで人間の心を持ったような智恵者同士の蜂と蜘蛛の壮絶な戦いをご紹介しましょう。

蜂、蜘蛛に怨を報ぜむとする語（巻二十九・第三十七）

今は昔、法成寺の阿弥陀堂の軒に蜘蛛が巣を作ったのだが、その縦糸は長く、東の池にある蓮の葉にまで達していた。

そこへ、大きな蜂が一匹飛んできて、蜘蛛の巣に引っかかってしまった。すると、

法成寺　藤原道長によって創建された阿弥陀仏の極楽浄土を彷彿させる大寺院。現在の京都御所の東、荒神口付近にあった。

蜘蛛がさっと現れてすばやく蜂に近づき、見る見るうちに糸で蜂を巻き包んでいった。蜂は巻かれるままでなす術もなく、逃げることができない。その様子を見ていた寺の僧が、蜂が死ぬのは可哀そうだと思い、木の棒で蜂を巣から掻き落とし、羽根に纏いついた糸を剥してやると、蜂は動きを取り戻し飛び去っていった。

二日後、一匹の大きな蜂が再びやってきた。そして同じような蜂が二、三百匹、次々と飛んできて、蜘蛛の巣周辺の御堂の軒や垂木の隙間を飛んでは止まり、止まっては飛んで、を繰り返した。しかし蜘蛛の姿は見当たらなかった。蜂たちはさらに糸が引いてある池に向かった。今度は池の蓮の葉に止まってブンブンと騒がしく羽音を立てるのだが、ここでも蜘蛛は見つからず、一時間ほどして蜂たちは飛び去っていった。

その様子を見ていた件の寺の僧は、

「これは先日、蜘蛛の巣にかかって糸に巻かれた蜂が、仲間の蜂を連れて仕返しに来たに違いない。それで見つからなかったということは、蜘蛛は蜂の復讐を知って、隠れたのだろう」

と推測し、自分も蜘蛛を捜そうと思った。御堂の軒を捜しても見つからなかった

阿弥陀堂　九体の阿弥陀仏が安置された大伽藍だった。

垂木　建物の棟から軒にかけて降ろして屋根を支える木のこと。

ので、池に行って蓮の葉を見ると、蜂の刺した針の痕（あと）がびっしりと付いている。しかし、蜘蛛はその蓮の葉の裏にもいなかった。

実は、糸を水面ぎりぎりまで垂らして、多くの水草が繁ったところに降りて隠れ、身を守っていたのだということをようやく知った。「だから、蜂は見つけることができなかったのだ」と納得して、寺の僧は引き返し、人びとに伝えたのであった。

そこで思ったことには、聡明な人であっても、蜘蛛のこのような細かなところにまで思いをいたすことはできないだろう。蜂が多くの仲間を連れて怨みを晴らそうとしたのはわかる。動物は皆、互いに仇（あだ）を討つからだ。しかしそれを予想し、そうすることでしか助からないと思われる非常手段を尽くして巧妙に隠れた蜘蛛が、その通りに命拾いしたことはめったなことではない。

蜂に比べて、蜘蛛の知恵がはるかに勝（まさ）っていたということだ。

針の痕　ブンブンと騒がしかったのは、単に捜すだけでなく、針を刺して攻撃していたことがわかる。

殺すか、殺されるか――生き残りをかけた戦いが、小さな生き物の世界でも繰り広げられていました。恨みの心と報復の行動がいかに強烈かが伝わってきます。その死闘が展開された場所が、お浄土を表わす阿弥陀堂と蓮池というのも、皮肉な設定ですね。

蜘蛛と蜂の世界のことばかりではなく、人間の世界でも同じようなことが言えるのではないでしょうか？　芥川龍之介の小説『蜘蛛の糸』の場面設定は浄土の池の下でしたが、池の上でも、たとえそこに御堂が建っていても娑婆世界のこと、やはり泥臭い煩悩の戦いが展開されているのが、悲しいかな、私たち衆生の現実なのでしょう。

《どの世界でも生きるのは大変です》

油断すると命を落としかねないこの世界

今でこそ、人間はあらゆる生き物の頂点に立つ存在だと思っていますが、昔の人はそうは思っていなかったでしょう。世界には得体の知れない多くの生き物がおり、その間で細々と生きているのが人間でした。超人的な能力を持つ怪物、魔物の類がいくらでも存在していたのです。なかでも人びとに身近だったのが龍と天狗です。龍は仏教経典にも仏さまを守護する存在として、また恩恵と災禍両面をもたらす水神としても畏敬されました。一方の天狗は、人間を惑わし、仏道を妨げる厄介者でした。そんな龍と天狗と僧の話です。

龍王、天狗の為に取らるる語（巻二十・第十一）

今は昔、讃岐国に万能池（まんのういけ）という大きな池があった。弘法大師が地元の人たちのために築いた池なのだが、海のように広くて深いので多くの魚たちが棲み、龍もまた住処（すみか）にしていた。

万能池　満濃池。現在の香川県にある日本最大の灌漑用ため池。八世紀初頭に創築され、空海が改修した。
弘法大師　日本真言宗

ある時、龍が池の堤の上でとぐろを巻いて日向ぼっこをしていると、たまたま付近の空を飛んでいた天狗がそれを見つけた。とぐろを巻いていたことから蛇と勘違いし、舞い降りて鷲づかみにして空高く昇っていった。龍は元来強い力を持っているのでさらわれることはないのだが、この時はあまりにも突然で不意を衝かれてしまったのだ。

天狗からすると、小さな蛇だと思い、食べようとしたのだったが、龍であったため、力が強くとても食べるのは無理だった。しかたなく、自分の住処である比良山の洞穴に連れて帰り、閉じ込めておくことにした。龍は身動きできない狭い空間で、一滴の水も飲めない状態となり、体力は弱っていった。

数日後、天狗は、今度は比叡山の優秀な僧をさらおうとする。僧坊のそばにある木の上で様子を窺っていると、厠（かわや）で用を済ませた僧が縁側に出てきて、携帯の水瓶（すいびょう）で手を洗った。その一瞬を襲って比良山のねぐらに連れ戻り、閉じ込めたのだった。

僧は自分が殺されると思ったが、天狗はすぐにどこかへ出て行き、ひとまず安心する。そんな折り、暗がりの中から、

の開祖・空海の諡号（しごう）。平安初期の僧で、真言密教を国家仏教として定着させた。

体力は弱って… 龍は水がないと生きていけないということだろう。

水瓶 飲用水を入れる浄瓶とトイレ用の触瓶がある。ここでは後者。

「おまえさんは誰だ?」

と声がした。同じ洞穴に閉じ込められた龍だった。僧は水瓶を持ったまままさられた状況を話すと、龍も同じく天狗に連れてこられたことを話し、同じ境遇の者同士、協力し合って助かろうということになった。

「一滴の水さえあれば空を飛べる」

と龍が語れば、僧は、

「自分の水瓶に水が残っている」

と応じて、龍に与えた。すると、水を得て力を取り戻した龍が雷雲を呼び寄せ、ついに脱出に成功した。龍はいのちを助けてくれた僧に感謝しながら、激しい風雨の中を飛び出し、僧を背中に乗せて比叡山の僧坊まで送り届け、自分も無事に万能池に帰ることができたのだった。

その後、龍は天狗が都で荒法師に変装しているところを見つけて蹴り殺し、僧は助けてもらった龍の恩に報いようと、いっそう修行に励んだということだ。

協力し合って… 龍と人(僧)が協力し合ったり、助け合う話は『今昔物語集』でも多くあるが、天狗と人が協力し合う話はない。

この話では、龍は善、天狗は悪という色分けがはっきりしているようです。しかし私には、どこか憎めない天狗に思え、その仕打ちがちょっと可哀そうな気がします。天狗といえば、私たち戦後生まれの者にとっては、大佛次郎の時代小説『鞍馬天狗』のヒーローが頭に浮かびます。確か正義の味方だったと思うのですが、いつから逆転したのでしょうか？

それと、一瞬の油断が命取りになりかねないこと、また協力し合うことで危機を脱出できることなど、現代の私たちに通じる人生訓が語られていると思います。

新型コロナウイルス感染症を抑えるにも、個々人の予防対策とともに、人びとがお互いに協力し合って防いでいくことが欠かせません。これも仏教の「縁起の法」（すべての事象はさまざまな原因や条件が寄り集まって生じている）に通じることでしょう。

《どの世界でも生きるのは大変です》

淑やかさに秘められた女性の力

今も昔も人はさまざまに、いろいろな素質、能力を持った人たちがいるものです。平安時代の女性も同じこと。紫式部や清少納言のような才女から、「娘道成寺」のような愛執に翻弄された女性、『信貴山縁起絵巻』に登場するたくましき長者の女将など、実に多彩です。

平安時代の女性は一見か弱く、男たちを頼りながら生きているような印象を抱きがちです。ところがどうして、いつの時代も想像できないほどの力を秘めた女性はいたのです。

相撲人大井光遠が妹の強力の語（巻二十三・第二十四）

今は昔、甲斐国に大井光遠という相撲取りがいた。頑強で俊敏な上、技にも長けていた。

光遠には、二十七、八歳になる美しい妹君がいた。妹は離れ家に住んでいたのだが、ある時、追われていた強盗が逃げ込んできて、離れの妹を人質にし、刀を

甲斐国　現在の山梨県。
相撲取り　相撲を取ることを職業とする人。力士。

突きつけて立てこもったのだった。びっくりした家人が急いで本宅の光遠に知らせに行くと、光遠は意外にも冷静に、

「妹を人質に取れるのは、伝説的相撲取りの氏長ぐらいだろう」

と言ったきり、助けに行こうとはしない。合点のいかない家人は、引き返して建物の隙間から覗くと、妹は衣一枚着ているだけで、片手は恥ずかしそうに口を覆い、もう一方の手は自分のお腹に刀を差し当てている強盗の腕を、軽く捕えているようだった。

やがて、手持ち無沙汰だったのだろう、口を覆っていたその手で目の前にある矢柄の篠竹二、三十本を、一本ずつ掴みながら板敷に擦りつけ、まるで枯れ枝のように簡単に砕き潰したのだ。覗き見た家人は「なんてこった！」とあきれ顔になったが、一番驚いたのは強盗だった。目が点になり、茫然自失の状態になった。

それもそのはず。強力で知られる光遠でさえ、金鎚で打ち砕かなければならないほど頑丈な矢柄を、妹は素手で砕いたからである。

「姫はどれほどの力持ちなのだろう。強盗もそのうち腕をへし折られるに違いない」

家人　離れ家の家事や雑用を行う人（男）。

氏長　薩摩氏長といわれる当時、最強の相撲取り。

矢柄の篠竹　矢の幹に使う篠竹。細くて固い丈夫な竹。

と家人は思ったのだった。強盗も同じ思いだ。

「人質に取ったはずの娘に、体をバラバラにされたのではたまらない」

と、隙をみて家から飛び出るように逃げていった。

しかし皆が協力して捕まえ、光遠の元へ連れ戻されてきた。光遠が改めて、

「なぜ逃げ出したのか？」

と聞くと、強盗は

「普通の娘さんのように思って人質に取りましたが、矢柄の竹を押し砕いたのを見て怖くなり、逃げ出しました」

と正直に答えた。それを聞いた光遠は笑いながら、

「妹を刀で刺そうと思っても無理なことだ。その腕を掴んで上へねじ上げれば、おまえの肩の骨も突き出ていたことだろう。妹の力は私の二人分だ。細くてしなやかだが、力は恐ろしく強い。これが男だったら向かうところ敵なしの相撲取りになっていただろうよ」

と語った。

「恐れ入りました！」

強盗も同じ思い 人質に取ってまでして、必死に捕まらないように抵抗していた気力が急に衰え、ぬけてしまい、逆に恐怖心が起こってきた。

…と語った 妹の強さを強調することで、神格化される。

と強盗は泣き顔で謝るばかりだったが、光遠も、

「本来ならおまえを殺してやるところだが、妹に怪我もなく、おまえも無事に逃げられたのだから、勘弁してやろう」

と言って、逃がしてやった。

とんだ力持ちの女がいたものだという話だ。

泣き顔で謝る 光遠の妹の強力っぷりを知って、感服した様子を表わしている。

淑（しと）やかな中に想像を超える力を秘めた女性という存在に対して、昔の人たちは魅力と尊敬の念を抱いていました。伝説で語られる七夕（たなばた）の織姫（おりひめ）や、竜宮城（りゅうぐうじょう）の乙姫（おとひめ）、竹取物語（たけとりものがたり）のかぐや姫等々。またお浄土で楽を奏でて舞う飛天（ひてん）たちや、吉祥天（きっしょうてん）、弁財天（べんざいてん）などの神々、さらに仏教発祥の地インドでは男性のイメージだった観音さまも、日本では女性のイメージで描かれます。それだけ、女性に神秘性とそこに秘められた特別な能力があると見ていたからでしょう。童子（子ども）姿も同様ですが、力の弱い未完成に見える存在の中に、潜在的な大きな力が備わっていると見ていた傾向があるのです。

第六章「大いなるはたらきに遇う」

《いのちの危機を救った観音さま》

仏師の身代わりとなって二人とも救う

ふだんは温厚な人が、突然、過激な行動に出たりすると、「人が変わったみたい」とか「とても信じられない」といった言葉が出るものです。人間とは不思議な生き物で、善良そうに見える人が、時と場合によってとんでもない悪事をはたらくことだってあり得るのです。どこから見ても悪党という人でなくとも、「なんて恐ろしいことを？」とびっくりするようなことをするのが人間なのでしょう。でも、どんな状況になっても、大いなるお方に見守られているわが身に気づけば、きっと心はくじけずにたくましく生き抜けることでしょう。

丹波国の郡司、観音の像を造れる語（巻十六・第五）

今は昔、丹波国桑田郡に住む郡司が、長年の願いを叶えるため観音像をお造りしようと思い立ち、京に上って、一人の仏師を訪ねた。懇ろに語って制作をお願いしたので仏師は快く承諾し、経費も受け取ったので、郡司は喜んで国に帰って

丹波国桑田郡　現在の京都府亀岡市のあたり。
郡司　国司の下にあって郡を治める地方行政官。地方の有力者が任命された。

いった。

この仏師は慈悲深く、特に観音菩薩を心から敬い仕えている人物だったので、郡司の依頼を受けてわずか三カ月で、驚くほど見事な観音像を造り上げた。そして仏師自らがそのお像を持って郡司の家を訪ねた。

喜んだのは郡司だった。こうした仏像の制作では遅れるのが常なのに、こんなに早くしかもすばらしい観音像ができあがったので、うれしくてたまらない。「何かご褒美(ほうび)の品を差し上げなくては」と思うのだが、あいにく質素な暮らしなので喜んでもらえるような品は持ち合わせていない。

強いていえば、馬が一頭いるだけである。しかしその黒馬は大きくて性格は優しく、足が丈夫で速いので、とても気に入っている馬だった。郡司はどうしようかとさんざん思案したあげく、仏師の誠意に応えようとの思いが勝って、黒馬を与えることにした。

ところが、である。譲った自分の馬に乗り、仏師が満面に笑みを浮かべて帰っていく姿を見送った後、郡司は後悔の念に苛(さいな)まれた。いつもそばにいて可愛がっていた愛馬がいなくなると、一気に恋しくて悲しい思いが募って、たまらなくな

仏師　仏像をつくる職人。

すばらしい観音像　郡司自身が思い描いた通りの美しい仏さまのお像だった。

誠意に応えよう…　ここでは、仏師への感謝の気持ちが郡司の心を占めていた。

ってきたのだ。

「何としても取り戻したい！」

そう思った郡司は、家来に、

「盗人の仕業に見せかけて仏師を殺し、馬を連れて帰ってくるように」

と命じたのだった。

家来の男は嫌なことをする羽目になったと心塞ぐが、主人の命令だと割り切って道を先回りして待ち伏せ、やがてやってきた仏師を弓矢で射て落馬させた。こうして馬は取り戻され、結局、郡司の元で以前と同じように飼われることになった。

ところがその後、何日経っても仏師の家から消息を尋ねる使いが来ないので、不審に思った郡司は再び家来に命じ、京の仏師の家を探らせた。するとそこで家来が目にしたのは、元気な姿の仏師と艶が出てたくましさが増したあの黒馬だった。

驚いて帰ってきた家来の報告を受け、郡司が恐る恐る厩に行くと、そこにいるはずの馬がいない。自らの行為を詫びようと観音像の御前に行くと、観音さまの胸に矢が刺さり、そこから血が流れていたのだった。それを目の当たりにした郡司は声を上げて泣き、家来ともども出家したということだ。


取り戻したい… 郡司の愛馬を失った愛惜の念が、心を急変させ、その後の凶悪な行為に走らせた。

落馬させた 矢が仏師に当たって仰向けになって落ちたと表現されることから、死んだものと断定される。

厩に行くと 以前から使っていた厩でその後も飼い続けていた。

観音菩薩が、慈悲深い仏師の身代わりとなって矢を負われたことの有り難さに、心ある人たちは皆涙し、敬い礼拝申さずにはおれない貴い観音さまであることだと語り伝えたのだった。

この話は、人の身代わりとなって苦を受ける観音菩薩の代受苦譚（だいじゅくたん）の一つですが、救われたのは仏師ばかりではありません。悪業を犯した郡司と家来も、その罪の重さと相手への申し訳なさを深く感じることができ、それが「声を上げて泣いた」と「出家した」という言葉で表されています。つまり、精神的にゆるぎのない人生を再出発させたということです。その意味では、関係する皆が救われたといえるでしょう。

観音さまの救いは片方だけでなく関わったすべての人びとに及ぶことが、話から伝わってきます。ただ彼らは、愛が高じる（渇愛（かつあい）といいます）と他者が見えなくなり「愛のためなら手段を選ばず」となる人間の怖ろしさを実感したことでしょう。私たちも肝に銘じたいものです。

《いのちの危機を救った観音さま》

自らの御身を与えて修行者の飢えを助ける

地球上は温暖化が進んでいますが、それでも北国の冬は寒さ厳しく、時には何日も大雪が続くこともあります。雪による事故や交通障害、また孤立した集落では、生活そのものが脅かされるので、雪への警戒は怠れません。雪の少ない地に住む私にとっては実感しにくいことですが、そこには雪で閉ざされた世界の怖さがあることでしょう。

そうした雪深い中で生きることの困難さを伝える話を取り上げてみたいと思います。日本三景の一つ、天橋立近くの山寺がその舞台です。修行者の本気が危機的事態を好転させます。

丹後国(たんごのくに)の成合(なりあい)観音の霊験の語（巻十六・第四）

丹後国に成合という山寺があった。観音霊場として知られている寺なのだが、実はこの山は丹後でも特に雪が多く、冬の間は深い積雪と強風で人が近づけなくなるのだった。

丹後国　現在の京都府北部。

成合という山寺　成合寺。京都府宮津市に現存。

観音霊場　観音菩薩が

そんなある冬、一人の貧しい僧が寺に籠って修行をしていたが、食料が絶えて餓死寸前になってしまった。雪で閉ざされているため里に下りて托鉢することができず、食料になりそうな草木も生えていないからだった。

十日も過ぎると起き上がる力がなくなり、冷たい隙間風が吹き抜けるお堂の隅に破れた蓑（みの）を敷いて横たわるしかなかった。もはや読経する力も、仏を念ずる気力もなくなっていた。「今ここで耐え抜けば食べ物にありつける」という希望もないので、心細いことといったらない。僧は死を覚悟して、お堂の観音菩薩にお願いをした。

「観音さまは、お名前を唱えるだけで何でも願いを叶えてくださる方と聞きます。私は長年観音さまに帰依して参りました。その挙句に餓死するのではあまりに悲し過ぎます。欲を叶えてもらおうとか、罪を帳消しにしてもらおうとかいうのではありません。どうか、今日のいのちをつなぐ食べ物をお施しください」

そう念じると、お堂の横に狼に襲われ喰らわれた瀕死の猪（いのしし）が現れた。

「これは観音さまが与えてくださった食べ物に違いない」と思ったが、僧が生き物を食べるわけにはいかない。その行為は仏になる道が絶たれ、悪道に堕ちるこ

衆生救済のはたらきを発揮される場所（霊場）。成相寺は今も西国三十三ヵ所のひとつになっている。

仏になる道が絶たれ 成仏の因を失う。

悪道 三悪道。地獄、餓鬼、畜生の三つ。

とを意味する。「食べたいけれども、食べてはいけない」と悶々とするが、結局は後世の苦しみよりも今の苦しみから逃れる方を選び、猪肉を切り取って鍋で煮て食べたのだった。そのおいしさはたとえようもなく、おかげで身も心も蘇るようだった。

とはいっても、次の瞬間から後悔の念が僧を襲いはじめた。生き物を食べた重い罪の意識からだった。

やがて雪が融け出すと、麓（ふもと）から住民が「食料もなく死んでしまったのではないか」と修行僧を心配して山に登ってきた。猪肉の鍋が見つかって、僧は恥じ入る。しかし住民が見たのは、猪肉ではなく木片であった。

「なんと、僧は木切れを煮て食べていたのか！」

と住民たちは驚いた。その後、住民の一人が観音菩薩像の左右の腿（もも）部分が削られていることに気づく。観音像を切り取って食べていたのかと皆であきれるが、

「観音さま自らが猪になって、私を助けてくださった」

と思った僧がそのいきさつを住民たちに話すと、皆は涙を流して貴び感動したということだ。

重い罪　肉食の罪。ただし、元来仏教が肉食を明確に禁じたということではない。自力修行でさとりを開こうとする過程で、自身をコントロールするために、植物性の食料で〝精進料理〟が勧められ、殺生の罪との関わりもあって肉食を戒めたと考えられる。

僧は、そこで観音像に向かって、「もし私を助けるために御身を削ってくださったのなら、どうか元のようなお姿になってください」と申し上げると、皆が見守る中、左右の腿が元のように成り合ったのだった。そういうわけで、この寺を成合寺というのだ。

これも「身代わり観音」の一例ですが、観音菩薩は阿弥陀仏の大悲のはたらきを象徴するといわれています。上から目線で「救ってやる」のではなく、苦しみに同感され、寄り添いたいとの思いから、自らが動き出てくださる「救い」が有り難いですね。

私は、鳩と同量の肉片を自らの身から切り取り、鷹に与えたとされるお釈迦さまの前生譚「シビ王」の物語を連想しました。自らの身を削って分け与え、すべてのいのちを救おうとされる行為は、個人個人のいのちにこだわる私たちにはとても縁遠い話です。逆に、こだわっている私のいのちに向けてはたらく大いなる心に出遇うことができれば、別次元での幸福感が生まれてくるのではないでしょうか。

木片を食して「おいしくてたまらない」と感じた修行僧のように——。

《いのちの危機を救った観音さま》

観音さまを最後の依りどころとした男

絶体絶命のピンチに立たされた時、何を思い、どう行動するか？　人それぞれ違いはあるでしょうが、何かにすがるような思いで助けを求めるのではないでしょうか。それこそ「藁(わら)をもつかむ思い」です。

しかし「藁」にすがるのと、確かなものにすがるのとではずいぶんと違います。けっして崩れることのない、私を丸ごと包み込んで離さないような頼もしい存在に出遇えれば、言うことはありません。それは昔であれば、ほぼ間違いなく仏さまでした。

陸奥国(みちのくのくに)の鷹取(たかとり)の男、観音の助けに依りて命を存したる語（巻十六・第六）

今は昔、陸奥国に鷹の子を取って生計を立てる男がいた。毎年、鷹の巣を見つけては鷹の子を取り降ろしていたのだが、子を奪われた母鷹がつらく思ったのだ

陸奥国　現在の東北地方の秋田、山形両県を除いた四県（秋田の一部は含む）にあたる。

ろう、今年は人がけっして近寄れない場所を探して巣を作った。そこは屏風を立てたような断崖絶壁で、下は海底が見えない荒磯、その崖の中ほどに生えた木の先端に作ったのだった。

男は鷹の子を取る時期が来たので、例年のごとく巣のある場所に出かけるが、巣が見つからない。「母鷹が死んだのか？」と思いながらなおも捜し続けた。

ようやく見つけた場所は、断崖絶壁の人が近づけないところだった。「これでは暮らしていけない」と男が嘆いていると隣人の男が、

「岩壁の上に杭を打ち立てて長い縄を結び、籠を取りつけてから、乗って下りれば巣にたどり着ける」

と提案した。

喜んだ鷹取の男は、さっそく家に帰って用具を整えて、隣人と連れ立って鷹の子取りに出かけた。籠に乗るのは鷹取の男、上から縄を下ろすのは隣人の役目だ。巣の近くまで下りると鷹取の男は籠から降り、鷹の子を捕まえて籠に乗せる。自身は巣のそばに残って、いったん縄を引き上げ鷹の子を降ろしてもらい、再び籠を下ろしてもらって戻る手はずになっていた。

暮らしていけない…　上から降りることも、下から昇ることもできないところなので、絶望した心境を表現した。

隣人の男が…　鷹取の男が見つけた巣のあるところへ一緒について行き、提案した。

ところが、隣人は縄を再び下ろすことなく、鷹の子を持って帰ってしまった。さらに鷹取の妻子には「縄が切れ、海に落ちて死んだ」と嘘を告げたのだった。

一方、取り残された鷹取の男は壁面の狭い岩の窪(くぼ)みで待ち続けるが、数日経っても縄は下りてこなかった。死を覚悟した男は、生き物を取り続けてきた罪を詫びつつ、日ごろから信仰していた観音菩薩に浄土への救済を念じた。

その時だ。眼光鋭い大きな毒蛇が男に向かって海から昇ってくるではないか。絶体絶命の鷹取の男は「大蛇に呑まれるよりは、海に落ちて死んだ方がましだ」と思い、短刀を抜いて、近づく蛇の頭を力いっぱい突き刺した。驚いた蛇は一気に崖をかけ昇り、蛇にしがみついた男と一緒に絶壁の上までかけ昇ったのだった。男が「観音さまが助けてくださった」と思い、合掌した時には、すでに大蛇の姿は消えていた。

こうして家に帰った男は妻子と再会し、喜びを分かち合った。しばらく経って十八日の観音菩薩の縁日になり、『観音経』を読誦しようと経箱を開けると、経巻の軸に自分の短刀が突き立ててあるのを見つける。

「観音さまの経巻が蛇と変じて、私を助けてくださったのだ」

罪を詫びつつ… 日頃から『観音経』を読むなどして観音菩薩を信仰しており、自分の仕事の罪悪性を感じていた。

縁日 仏・菩薩が現われるなどの特別な縁のある日。

観音経 『法華経』の中の第二十五品(章)の「観世音菩薩普門品」のこ

と改めて知り、有り難く尊い思いが募って、男は法師になったのだった。

観音菩薩は、勢至菩薩とともに阿弥陀仏の脇侍として、阿弥陀仏と心を一つにして衆生救済に当たられている菩薩です。阿弥陀三尊と呼ばれるのですが、勢至菩薩が阿弥陀仏の智慧を象徴するように、観音菩薩は阿弥陀仏の慈悲を象徴しています。その大慈悲のお心が三十三種に身を変化させ、生きとし生けるものをとことん救おうとはたらいておられるのです。

そうしたけっして裏切ることのない観音さまを最後の依りどころとしたことで、鷹取の男は大蛇という恐怖（苦）から安堵（楽）に転じられました。ものの見方や人生の見方もこうして転ぜられたことでしょう。その証拠に、鷹取の男は隣人を恨んだり憎んだりすることはなかったと話の最後に語られています。「隣人の男？　気にしない、気にしない！」ともに仏さまに救われる身であるということでしょう。

法師　出家者。もっぱら仏道を歩む僧（38ページ参照）。

《仏さまの声が聞こえてきた》

仏像になるはずの木が踏みつけられて

人間だけが思いを声に出して伝えようとしているのではありません。動物もそうでしょうし、道路沿いに投げ捨てられた空き缶、ナイフで傷つけられた柱、落書きされた建物の壁や塀、無残に花の部分だけむしり取られたぼたんや菖蒲の花等々。これらは声なき声で、「痛いよ。悲しいよ！」と叫んでいるかもしれません。

日本に伝えられた仏教は、森羅万象のあらゆる存在に仏性がある（「一切衆生悉有仏性」）と説いています。つまり「すべてのものに仏の心がある」というのです。

修行の僧広達、橋の木を以て仏像を造れる語

（巻十二・第十一）

今は昔、上総国出身で、大和国吉野郡の金峯山に入って熱心に修行する広達という僧がいた。

上総国 現在の千葉県中部のあたり。

同じ吉野郡の枇杷（うつき）の郷（さと）に秋河という川が流れていて、川辺には伐り出された梨の木が数年来、置きっぱなしにされていた。やがて、その木を秋河に渡して橋ができ、人や牛馬が往来するようになった。

ある日、広達は所用があって枇杷の郷を訪れこの橋を渡ろうとした時、橋の下から声が聞こえてきた。

「あぁ、痛い！　踏んだら痛いではないか」

不思議に思った広達は、橋の下をのぞき込むが誰もいない。念入りに周囲を捜してみても声の主は見あたらなかった。もう一度じっくりと声の発する方を見てもこの橋の木しかなく、よくよく観察してみた。すると木の痕跡などから、どうやら仏像を造るために伐り出されたのが、何かの事情で未完成のまま放置され、それを橋に利用したものであることがわかった。

広達は改めて声の主が梨の木だと知って、仏さまになるべき木を踏みしめたことを悔い悲しみ、自らの手で浄らかな場所に移動させた。その上で木に向かって泣きながら深々と礼拝し、誓いを立てた。

「縁あって今日この橋を渡り、この事実（仏像にするための木だったこと）を知り

枇杷の郷　所在未詳。

秋河　秋野川。吉野郡下市町を流れ吉野川に注ぐ。

木の痕跡　橋に掛けられた一部の木片の痕跡と考えられる。

ました。必ずや、仏さまの像をお造り申し上げます」

そう言って、阿弥陀仏と弥勒菩薩、観音菩薩の三体の仏像を見事に造り奉ったのだった。またそれらの仏像は吉野郡越部（こしべ）村のお堂にご安置し、供養したとのことだ。

木に心はないかもしれない。しかし、それがどうして声を発するのであろうか？　それは、仏さまが私たちにメッセージを出されているサインなのだ。だから、もし、思わぬところで、自然と音が聞こえてきたなら、よく注意してその声を聞き尋ねるべきだということだ。

阿弥陀仏　一切衆生を極楽浄土に生まれさせようと本願を建て成就された仏さま。はたらきは念仏となって私たちに届いてくださっている。

弥勒菩薩　今は兜率天（とそつてん）で修行され、五十六億七千万年後にこの世界に下生されて衆生救済されるといわれる未来仏。

観音菩薩　救済を求める衆生の姿に応じて変化身され、自在に救われる菩薩。阿弥陀三尊の一で慈悲のはたらきが象徴される。

越部村　現・吉野郡大淀町越部付近。

お堂　岡堂とあるが、所在未詳。

現代の世の中は、大量生産・大量消費の社会です。特に今、顕在化しているのはゴミ問題。自然に還ることがない化学製品などが、海に流されたり地上や地中に留まって、環境を悪化させています。食品ロスも深刻です。貴重な食べ物が賞味期限がくると店頭から消え、まだ食べられるのに捨てられていきます。有り余るほど多くの物で溢れかえっている日本社会ですが、それらの物をどれだけ大切にしているでしょうか。無駄にしているものが多すぎるように思います。

「一つ一つの物が仏さま」と言えるほど大切にしたいとは思うのですが――。物の内側に隠れた値打ちやそこに込められた思いや尊さなど、声なき声をどれだけ聞き取れるか考えさせられる話です。コロナ禍で、私たちの生活を根本から見直す時がきているのかもしれません。

《仏さまの声が聞こえてきた》

盗まれて壊されかけた仏さまが叫んだ！

現代社会は地球環境も含めて、世の中の有り様や人びとの生活が、ひとえに人間自身の手に委ねられています。より良い社会を作り上げるために人類の英知が求められているのでしょうが、人間至上主義に陥る危険性をはらんでいます。神仏は「尊び仰ぐもの」から、「人間に価値づけられるもの」に変わってきていると感じるのは私だけでしょうか。

昔は、人間の存在とその活動は、世界全体から見れば微々たるものでした。人間の力や想像をはるかに超える、広くて深い世界に生きているという自覚が人間自身にありました。その分、仏さまが大いに敬われていたともいえます。しかしそんな時代にも不心得者はいたのでした。

和泉国の尽恵寺の銅の像、盗人の為に壊られたる語

（巻十二・第十三）

今は昔、和泉国日根郡に一人の盗人がいた。因果の道理を信じず、あちこちの

和泉国日根郡　現在の

寺に侵入しては銅製の仏像を盗み、熱で溶かして帯金（おびがね）などの金具を作って売っていた。しかしこの男は道沿いに住んでいて、表向きは銅の細工師と見られていたのだった。

同じ郡内の尽恵寺（じんえじ）という寺にも銅の仏像があった。その仏像がある日、突然、消えた。盗人が取っていったに違いないと、寺の誰もがそう思った。

ちょうどその頃、寺の北の道を馬に乗って通り過ぎる人がいた。するとどこからか、叫ぶ声が聞こえてくる。

「痛い！痛い！　この声を聞いたお方、どうか打たせないように諫（いさ）めてくださいな！」

と訴えている。馬上の人は急いで馬を走らせて遠ざかろうとしても、叫ぶ声の大きさは変わらないまま聞こえてくる。そこからまた引き返してみると、叫ぶ声は止んだ。二、三度往き来して馬を留め、よく聞くと、金属を打つ音がする。

「もしやこれは、人を殺そうとしているのではないか？」

と疑ったその人は、近くの家屋が怪しいとにらんで従者をそっと差し向け、屋内の様子を窺わせた。従者が壁の穴から覗くと、銅の仏像を仰向けにして手足を切

大阪府南西部。

因果の道理　善因善果、悪因悪果といわれるように、悪いことをすれば、悪い結果を生じるという仏教の基本法則。

帯金　物に巻きつける帯状の金具。

尽恵寺　所在未詳。

り取り、首まで切り落とそうとしているではないか。従者は急いで戻り、主人に報告した。

これを聞いた主人は、

「仏さまを盗んで壊しているのだな。ということは、あの叫び声は、仏さまご自身のお声だったのだ」

と知り、家屋に入って盗人を捕え問い糺(ただ)した。盗人は正直に、

「これは尽恵寺の銅の仏像で、私が盗んだものです」

と答えたので、使いの者を送って尽恵寺に確かめたところ、間違いなく尽恵寺の仏像とわかった。

さっそく寺の僧や檀徒らが駆けつけて、壊れた仏さまを囲んで嘆き悲しんだことはいうまでもない。そして、急いで御輿(みこし)を作り、傷だらけの仏さまをお乗せして、寺までお運びしたのだった。

一方の盗人は、寺では罰することなく、役所の者が来て京に連れて行き、投獄されたということだ。

それにしても、仏さまの御身を傷つけるとは言語道断であるが、仏像がお声を

御輿を作り… 仏像を生きた仏さまのように感じ貴ぶ心が御輿を作り、飾り付けをして、丁重にもてなしたことでわかる。

出されたのも不可思議なことだと、語り伝えられたのだった。

仏像盗難の事件は、今も時々報じられています。どんなものでもその値打ちをお金に換算して見ていく傾向は、ますます強まっているように感じます。仏像も単なる造形物と見て、造り具合や技術的な巧さを測って値段をつけ、その金額を見て初めて値打ちものかどうかを判断するといった調子です。

なんでもお金で計っていると、目に見えない仏さまのお徳や、お心の深さ貴さはわからないままでしょう。まるで人間のように声を発せられたと語る当時の人びとにとって、仏さまは人びとの心の世界に生きておられたということでしょう。

仏教に五逆罪というもっとも重い罪があり、その一つに「出仏身血（しゅつぶつしんけつ）」があります。「仏さまの身体を傷つけて出血させる」ことです。五逆罪は犯すと無間（むけん）地獄に堕ちるとされるのですが、仏身を傷つけることは〝仏心〟を傷つけることになります。その〝仏心〟がいかなるものか、人に通じないとすれば、それこそ哀しくてなりません。

不可思議　人の思考の及ばない「まこと」のことで、仏の智慧やそのはたらきをさすのが本来の意味。ここでは仏のはたらきが声となって届いたことで、有り難く思えたのが伝わる。

《お経に込められた仏さまの功徳》

経巻が食べ物となって僧を元気づける

「ぜんざい公社」という落語があります。甘いぜんざいを食べたいと思って入った〝公社〟でしたが、食べる前にいちいち書類を提出しなければならず、健康診断書まで必要といわれた挙句、少しも甘くないぜんざいを食べさせられる噺(はなし)です。手続きばかり大げさで、中身のないお役所の対応を皮肉った風刺落語です。何事をするにも規則という枠にあてはめて成否を判断する傾向にある現代社会、考えさせられます。

次の話は、それとは対照的に、本来ならば「してはいけない」禁止事項でも、その人となりや目的、状況によっては「してもよい」ことに変化する話です。

魚化(うおけ)して法花経と成れる語　（巻十二・第二十七）

今は昔、大和国吉野郡の山寺で修行する僧がいた。長年この山寺に住み、ひたすら心身を清めて、仏道に精進していた。その僧が病気になり、体力がみるみる

吉野郡の山寺　山岳仏教（修験道）の聖地にある寺。底本では海部峰

衰弱していった。

「このままでは仏道を全うすることはできなくなる。聞くところによると、病気を治して体力を回復させるには、肉を食べるのが一番よいそうだ。(仏の道を究めたいと願う)私が魚を食するのだから、そう重い罪にはならないだろう」

そう思った僧はひそかに弟子に語って、小僧を紀伊国(きいのくに)の海辺に遣わし、新鮮な魚を買ってくるように頼んだ。

小僧が予定通り新鮮な魚を八尾(び)買い、小櫃(こびつ)に入れて帰る途中の道で、小僧を知る三人の男が寄ってきて、小僧に問いかけた。

「箱には何が入っているのだ?」

魚が入っていると言えば、何かと面倒なことになると思った小僧はとっさに、

「『法華経』です」

と答えた。しかし男たちは納得しない。箱から汁が垂れ、生臭いにおいがしたからだった。

「お経ではないだろう。魚に決まっている」

と小僧に迫るが、小僧がなおも「魚ではありません」と言いはるので、男たちは

と記すが、所在未詳。

重い罪にはならない… 肉食(魚も含む)は殺生戒という規則に反する行為だが、病の僧が自ら望めば問わないとされた。

小僧 まだ得度していない見習いの少年僧。童子。寺の雑用も行う。

紀伊国 現在の和歌山県。

小櫃 小型の入れ物、箱。上に向かって蓋が開く。

強引に箱を開けようとした。小僧は必死に抵抗するが箱は開かれた。そして中を覗(のぞ)くと、なんと小僧の言う通り『法華経』八巻が入っていたのだった。

男たちは訝(いぶか)しく思いながら去って行き、小僧も不思議に思ったが、喜んで先を急いだ。だが男たちのなかで一人だけ、納得がいかず「真相をあばいてやろう」と小僧の後をつけてきた者がいた。

やがて山寺に着いた小僧が、帰り道での出来事を師の僧に話すと、僧は、

「これは天が私を助け護ってくださったのだ」

と喜んで、魚を食した。その一部始終を陰から見ていた男は、僧の前に出て五体を地に投げて礼拝しながら申し上げた。

「これは魚の姿をしてはいますが、聖人の食するものだからこそ、お経に変化したのだと知りました。愚かで邪(よこしま)な目でしか見られず、因果の道理もわきまえない私には、このことに合点がいかず、疑ってたびたび小僧さんを責め悩ませました。どうか、お許しください」

とお詫びして、以後はこの僧を敬い、心から供養し続けたのだった。

ということで、魚もたちまちに変身し、経典に成るということだ。くれぐれも、

法華経八巻 一般に流布され法華経は、鳩摩羅什(くまらじゅう)訳の『妙法蓮華経』で全部で八巻(冊)あった。買った魚も八尾。ぴったり一致する。

五体を地に… 五体投地という仏教における最高の礼拝法。

聖人 徳の高い僧。真摯に仏道を歩む僧への敬称。

愚かで邪な目 愚痴(ものごとを正しく判断できない)と邪見(間違った考え)。

そういう現象に遇ったとしても、謗（そし）ってはいけないと、語り伝えられたという。

魚を食すことは、五悪の一つ「殺生」につながる行為ですが、「仏道を真剣に歩もうとする人のためならば許される」とする柔軟性は、人を活かす上でも大いに見習うべきことといわねばなりません。ちなみに、修行僧が托鉢で頂いた食物や、信者から布施としてお斎（とき）の接待を受けた場合、その食事に動物性のものが含まれていたとしても、接待を受けた僧は有り難く食することになっています。これはお釈迦さま在世の頃も同様でした。

それにしても、食べ残しが多い現代社会にとっては、食の有り難さを改めて味わえる話ではあります。

《お経に込められた仏さまの功徳》

京のど真ん中でナンパした美女の正体は？

京のど真ん中で男がナンパする話です。今でいえば東京都心の千代田区や中央区あたりの話でしょうか。当然、人の往来が多いと思われがちですが、実際はそうではありませんでした。平安時代の中期以降になると、大内裏周辺でも人気は少なく、寂しかったようです。そんな京の中心部に、人間界とは別の「異界」が存在したのでした。これも今でいえば、高層ビル群の谷間に現れた〝怪奇空間〟といえるでしょうか？　実際、都心でもビルとビルの間は案外人通りが少なく、死角になっている場所もあるようです。そこで男がナンパした相手の女性がこの異界のものだったわけです。

野干（やかん）の死にたるを救はむが為に、法花を写せる人の語

（巻十四・第五）

若くて容姿端麗な男が朱雀門（すざくもん）の前を通りかかった。ふと前方に目をやると、年

朱雀門　平安宮の南に

は十七、八歳のこちらもあか抜けた美女が朱雀大路に立っていた。男はその魅力に引かれて、通り過ぎることができず、女を人気のない朱雀門の内側に呼び寄せて口説き始めた。

「こうして出会えたのも何かのご縁です。私はあなたのことをもっと知りたい。あなたも私の思いを察してください。私は本気です!」

若い女は答えた。

「あなたのお申し出を拒むつもりはありません。でも、あなたの言いなりになって関係を持てば、私は間違いなく死んでしまいます」

男は女の言っている意味がわからず、ただ拒んでいるだけだと思い、強引に関係を結ぼうとした。女は泣きながら、

「あなたは行きずりのことで興味を抱いただけでしょうが、私は命を失うことになるのです」

と言って抵抗する。だが、結局は関係を結んでしまう。夜が明けて、別れ際に女は再度、自分が死ぬことは間違いないと男に告げた上で、

「私のために『法華経』を書写供養して、後世を訪(とぶら)ってください」

位置し、正門とされた門。大内裏外郭十二門で最も重要な門であった。この門から南へ、中央大通にあたる朱雀大路が平安京の南端、羅城門まで続いていた。

後世　死後に生まれ変わる世界。来世。

と頼む。男は承知しながらも、男女が交わるだけで死ぬとはとても信じられなかった。そこで女は、

「私の死を確かめたければ、明朝、平安宮内の武徳殿（ぶとくでん）に行ってみてください。私だという証拠にあなたの扇をください」

と言って扇を受け取り、去っていった。

男は翌朝、半信半疑で武徳殿近くまで来ると、白髪の老婆が現れた。そして泣きながら、

「自分は昨日の娘の母であり、娘が亡くなったことを告げるためにここへ来ました」

と言った後、さっと姿を消した。男が恐る恐る武徳殿に入ると案に違わず、一匹の若い女狐が昨夜渡した扇で顔を覆い隠して死んでいたのだった。

男は女の正体が狐だったことを知り、その狐と交わったためにこういうことになったのかと思って、彼女を心から哀れんだ。そして、『法華経』を供養して後世を訪ったのだった。

するとある夜の夢に、彼女が天女のように美しく身を飾って現れ、

武徳殿　平安時代に大内裏にあった殿舎の一つ。騎射や競馬が行われる「宴の松原」の西にあって、天皇が観覧されるところ。

さっと姿を消した　化身のものが消える時の常とう句「掻消ツ様ニ失ヌ」の訳。

狐　キツネ。表題の「野干」は狐の異称。

彼女を心から哀れんだ　異類との交渉で、犠牲になったのが狐の方だったが、人間の男の身代わりになった、との思いが男にはあったの

「男が約束通り『法華経』を供養したことで天に生まれることができる」と心から感謝の思いを述べて、空に昇っていった。その時、空から妙なる音楽が聞こえてきたところで、夢は覚めた。

男は感動し、ますます仏教への信を深めたという話だ。

だろう。

人間が異類と交渉を持つことは秩序を乱すものとして、当然タブー視されます。それが「死」で表現されています。しかし、そうした重大な罪を犯しても救われる道があるのだと『今昔物語集』の編者は語っています。それが『法華経』の供養であり、仏教を信じ依りどころとして人生を歩むということなのでしょう。

大切なことは、仏教は人間だけでなく、迷いの世界のすべての生きとし生けるもの（一切衆生）が救いの対象だということです。迷いの世界から脱出（解脱）して仏となる教えが仏教なのですが、愚かで、どこまでも迷い続ける私たちがいるのも現実です。

それはさておき、当時の京はある意味、大らかだったのですね。

《お経に込められた仏さまの功徳》

おかげで非日常の恐怖から戻れました!

毎日同じことを繰り返して生活していると、その慣れで、感動や張り合いがなくなってしまいます。そんな時、非日常的な空間や時間があれば、きっと刺激となり、リフレッシュして日頃のストレス解消にもつながるというものです。旅行もいいですし、趣味の世界に入るのもいいでしょうね。

ところが非日常の世界でも、メルヘンの世界であればよいのですが、思ってもみない恐怖の世界に突然陥ることもあるかもしれません。そんな予期せぬ怖い別世界に入った人の話です。

肥後国(ひごのくに)の書生(しょしょう)、羅刹(らせつ)の難を免れたる語(巻十二・第二十八)

今は昔、肥後国に一人の書生がいた。毎日決まった時間に役所に通っていたが、ある日急な仕事ができたので、早朝に馬で役所に向かった。いつもならすぐに着

書生 役所でいえば書記官のこと。

肥後国 現在の熊本県。

く距離だが、なぜかこの日は行けば行くほど遠くなる感じがした。そして、日暮れ近くになって、とうとう見知らぬ広野に出てしまった。

心細い思いで彷徨(さまよ)っていると、丘の向こうに家の屋根が見えた。近づいて、「誰かいませんか?」

と声をかけると、奥から、

「誰かいらっしゃいましたか? どうぞお入りください」

と女の声がした。しかし声を聞いた書生は恐ろしくなり、思わず身構えた。

「道に迷った者です。急いでいるので道だけ教えてください」

恐る恐る告げると、女は、

「そこで待っていてください。すぐに行きます」

と言って近づいてくる。ますます恐ろしくなり、馬を引寄せ逃げようとすると、

「待ちなさい!」

と、女は大声を張り上げた。書生が振り返ると、背丈が軒ほどもある大女が現れた。「やはりここは鬼の家だったのだ」と思い、一目散で逃げる。その後ろから、目と口から火を吹き出す大女が追いかけてきた。

軒ほどもある 別の表現では一丈(約三メートル)とある。

恐怖に震えながら必死に馬にすがりつき、思わず、
「観音さま、お助けください！」
と念じたが、力尽きて落馬し転倒する。「これで私も鬼に喰われてしまう」と思ったその時、目の前に墓穴（はかあな）を発見して中に入った。

追いかけてきた鬼は、「どこへ行った！」と叫びつつ、目の前の馬を喰らい始めた。「次は私を喰らうに違いない」と書生は覚悟する。

ところが鬼は馬を喰らった後も、墓穴の中に入ってこなかった。どうやら穴の奥に別の鬼がいるらしく、どちらの餌食かをめぐって言い争いを始めたのだった。書生は「外も中も鬼がいるなら、助かりようがない」と絶望的になる。

やがて、言い負けた外の鬼が去ると、中の声が言った。
「おまえさんは鬼に喰われようとした時に観音を念じ奉ったので、難を免れることができたのだ。今後も心から仏を念じて『法華経』を読誦するように」

聞こえてきたその声は、鬼ではなかった。

その穴は、昔ある聖人が建てた仏舎利塔（ぶっしゃりとう）の跡であり、中に奉納された『法華経』の経文が朽ち果てずに遺（のこ）っていたのだった。その最後まで遺った「妙」の一字が

墓穴　横穴式の墓か古墳か、それとも…。

仏舎利塔　元の文は卒塔婆とある。元来はお釈迦さまの遺骨（仏舎

声の主だったのである。
「これまで九百九十九人のいのちを鬼から助けて、おまえさんでちょうど千人目だ。今後は困った時だけでなく、つねに仏を念じて『法華経』を読誦するように」
声は続けて念を押したのだった。
家に帰った書生は家族と無事を喜び合い、その後も心から仏さまを敬う人生を送ったということだ。

現代は、精巧なイルミネーションや音で演出されたさまざまな幻影が巷（ちまた）に溢れています。現実と夢幻、真実と虚構の境目がつかなくなるような感覚です。そんな中で生きる私たち、ついつい幻想的な美しさに心奪われ、別世界に入ってしまいかねません。

調子に乗って浮かれ過ぎないように、しっかりと現実の自分の有り様を見つめて、自分を見失いかけた時こそ、間違いのない真実に依ることができるように、普段から心がける必要があるのでは？　そんな教訓が込められた話ではあります。そこに、仏さまやお経の存在が重要になってくることでしょう。

利）を納めて建てた塔だが、経典を納めたり、故人の遺骨を納めて塔を建て、供養や報恩の心を表わした。

【妙】の一字　『法華経』は『妙法蓮華経』のこと。その経名の最初の一字が「妙」で、結局、最後まで遺ったことになる。

《悪人を極楽浄土に救い摂る》

悪人の自分が救われると信じて西方へ

「自分の話は人に聞いてもらいたいが、人の話はなかなか聞けない」というのが、私たちの本音です。ましてや仏さまの話を聞くとなると、さらに難しいのではないでしょうか。

ところが、悪行ばかりを重ねていた荒くれ者なのに、仏さまの話を一度聞いただけで、それまでの生き方をコロッと変え、ひたすら阿弥陀仏を頼って西へと向かい、浄土往生を果たしたという人物がいました。阿弥陀さまにほれ込んだ悪たれ者の物語です。

讃岐国の多度郡の五位、法を聞きて即ち出づる語

（巻十九・第十四）

讃岐国多度郡（たどのこおり）に、源大夫（げんだいぶ）という男がいた。気が荒く、殺生をするために生きているような人物で、朝な夕なに生き物を殺し、手当たり次第に人を傷つけていた。また因果の道理をわきまえず、仏教を軽んじ僧を嫌うあさましき悪人だったので、

讃岐国多度郡　現在の香川県善通寺市のあたり。

仏教を軽んじ　底本で

地元の人たちは皆恐れおののいていた。

ある時、鹿狩りを終えて山から下りてきた大夫は、お堂に多くの人が集まっているのを目にする。

「あれは何をしているのか」

と従者に尋ねると、「仏を供養する有り難い法会を行っているところです」と答える。すると、何を思ったのか、大夫は馬から降りてお堂に入っていった。

悪名高い大夫がやってきたので、堂内は騒然とする。そんな中を大夫は高座の真ん前まで進み、座った。そして、講師を睨（にら）みつけて言った。

「おまえさんは、何を言っていたのだ？　わしがなるほどと納得するようなことを言ってみろ。碌（ろく）でもないことを言ったら、ただではすまないぞ！」

講師は恐ろしくてたまらない。しかし覚悟を決めてこう語った。

「ここより西に多くの世界を過ぎたところに、阿弥陀仏という仏がおられます。心が広く、どんな罪深い者でも心から悔い改めて一度（ひとたび）「阿弥陀仏」と申せば、必ず極楽浄土に救いとり、仏に成らせてくださいます」

これを聞いた大夫は念を押す。

は「三宝ヲ不信ズ」と記している。

お堂に入って…　源大夫もふと、自分の犯してきた罪が気になり、仏法を聞いてみようと思ったのだろう。

高座　講師が説法するために設けられた高さのある座。

阿弥陀仏と申せば…　いわゆる称名念仏を勧めた。

「どんな者も救いとってくださるのだな。このわしも見離されないのだな？」

講師がうなずくと、大夫は続けて、

「仏のみ名を呼べば、答えてくださるのだな？」

と再度問い、講師が、

「必ず答えてくださいます。僧になれば、仏はなお喜ばれます」

と言うと、大夫は突然、髻（もとどり）を切って出家し、西に向かって歩き始めた。

驚いたのは周りの人びとや従者たちだ。しかし、いくら大騒ぎして引き留めても、いったん決めた大夫の心は変わらなかった。

入道となった源大夫は、「おーぃ、阿弥陀仏さまよぉー」と弥陀のみ名を呼びながら、険しい山も深い谷も避けることなくひたすら西に向かって、何日も歩み続けた。途中の寺で、わずかな食べ物をもらい、なおも西へ歩き続けた。

そして、ついに海が見えるところまで来て木の上に座っていると、しばらくして西方の海から阿弥陀仏の声が聞こえてきた。「ここにいるよぉー」と。追いかけてきた寺の住職もその声を聞いた。

一週間後、いったん帰っていた住職が再び入道を訪ねると、入道は木の上で息

髻を切って　剃髪をした。

入道　出家して仏道に入った者

弥陀のみ名を呼び　この頃はまだ「南無阿弥陀仏」という称え方は普及してなかったと考えられる。

西に向かって　阿弥陀仏の極楽浄土は西にあるとされた。

「ここにいるよぉー」　大夫と阿弥陀仏が出遇ったようだ。これで「南無」（仏の喚び声）と「阿弥陀仏」（人の呼び声）がつ

絶えていて、口からは鮮やかな蓮華が一輪生えていた。住職はその蓮華を手折りながら、感極まって涙を流した。

遺骸は埋葬せず、そのままにしておいた方が本人も喜ぶだろうと思い、泣く泣く帰っていった。その後、入道はどうなったかわからない。が、しかし必ず極楽浄土に往生したことだろう。

ながったということ。
口から…蓮華が　浄土往生がかなったしるしとして表現されている。

まさに、乾いた砂が水を一気に吸い込むように、悪人の自覚を持った大夫の心に、阿弥陀仏がスーッと染み込まれたのでした。信心の有り様を教えてくれる話です。

「極楽往生」についてもお話ししましょう。ここでは「必ず」という言葉はあるものの、「往生しただろう」と推量の表現になっています。当時の人びとは、最終的には「浄土往生ができたかどうか」わからないのです。それを「口から蓮華が生えた」と表現したり、ほかにも「妙なる音楽が聞こえた」とか、臨終時の奇瑞（きずい）を傍証として「極楽往生」を推しはかったのです。

しかし、奇瑞の有無にかかわらず、平生から念仏を称える中で阿弥陀仏の大悲心に遇い、「必ず救うぞ」と誓われた仏さまの喚び声を聞いていれば、間違いなく極楽往生がかなうとされたのが、親鸞聖人でした。平生に極楽往生が決定しているというのです。臨終の一瞬に至るまで、平生をたくましく生き抜くことができる道が、親鸞聖人によって開かれたのでした。

《悪人を極楽浄土に救い摂る》

地獄の火車から金色の蓮花に……

「悪人はどこまでいっても悪人、社会から排除しなければいけない」――現代は、そんな考えがまかり通っているような感があります。裏返せば、善人ばかりの世になれば住みよいということなのでしょう。

善と悪は一人の中に混在していると思うのですが、善人と悪人を区分けし、マイナスになるものはとことん責めて、社会から排除していくという考え方が主流となっています。

しかし、昔はもっと受け皿の大きな、包容力のある社会だったのでした。

悪業を造れる人、最後に念仏を唱へて往生せる語（巻十五・第四十七）

今は昔、ある国にもっぱら罪造りを仕事にしているような人物がいて、殺生や放逸など仏道に背く行為を日常的に続けていた。ある人が見かねて、「そんなに罪

放逸　人の迷惑も考え

を造っていると地獄に堕ちるぞ」と忠告するが、全く信じる気はなく、相変わらず悪業を繰り返していた。

ある時、その人物が重い病にかかる。数日後、今にも死にそうな状態に陥り、目の前に地獄からの迎えとされる火の車が現れた。病人は急に恐ろしくなって、博識ある僧を呼んで尋ねた。

「我は、これまで罪造りなことばかりして何年も過ごしてきた。罪を造れば地獄に堕ちる、と言って諫めてくれる人がいたのに、そんなのはウソだと思って罪造りを止めなかった。しかし今、死が間近に迫り目の前に火の車が来て、我を連れて行こうとしている。罪を造る者は地獄に堕ちるというのは本当なのか？」

と、日ごろ信じなかったことを後悔して泣き崩れた。枕元にいた僧は病人に訊いた。

「これまで信じなかっただろうけれども、今、火の車を見て、罪を造れば地獄に堕ちるということを信じますか？」

「目の前に火の車が現れたのだから、深く信じるよ」

そう答える病人に、僧は続けて、

「であるなら、阿弥陀仏の念仏を唱えれば必ず極楽浄土に往生するということを

ず、勝手気ままにふるまうこと。

仏道に背く行為　代表的な背く行為として五悪（殺生・偸盗・邪淫・妄語・飲酒）がある。

悪業　苦しみをもたらす悪い行為。

火の車　地獄から罪人の死に際してさし向けられる猛火の車。

僧を呼んで尋ねた　不信心の者でも、いざという時には、仏教僧を頼りにしていたことがわかる。後の展開から、この悪業を重ねた人物にとって、僧は〝安心〟に導いてくれる「善知識」となった。

念仏を唱えれば…　阿弥陀仏の救いを信じる心も含まれた行為。

信じなさい。これも仏の説き教えられていることです」

と言うと、病人はすかさず合掌して「南無阿弥陀仏」と念仏を唱え続けた。

僧が「まだ火の車が見えているか?」と病人に問うと、

「火の車が消えて、金色の大きな蓮の花が見える」

と言ったかと思うと、息が絶えたのだった。

この時、僧は感激して、仏の教えの尊さをかみしめ、またこれを見聞きした世の人びとも尊ばない人はいなかったということだ。

火の車が消えて… 苦しみの極みから、楽しみの極みの極楽浄土へと、心は大転回されようとしていることがわかる。苦が楽に、は言い変えると、闇から明へ、絶望から希望へ、となる。

いうまでもなく、この物語の主眼は、念仏の功徳の大きさなのですが、押さえておかなければならないことは、罪を犯した者がただ念仏を唱えるという行為だけで、自動的に救われるというのでなく、悪の自覚、反省を伴っている点です。その証が「地獄行きの私だと信じる」ことでしょう。つまり、己れの造った悪の正当化ではなく、また他者のせいにするのでもなく、悪の自覚をともなった「悪人」を、救ってくださるのが阿弥陀仏の念仏だということです。

それにしても、悪を造る人を心配して声をかける人がいたり、親切で的確なアドバイスをする僧がいたり、平安の世の人びとは温かかったのですね。それらの人びとの向こうにあったのは、「そうでしょ! そうでしょ!」というどこまでも優しい仏さまのまなざしでした。そういう素地があって、親鸞聖人の「悪人正機（あくにんしょうき）（悪人が救いの目あて）」の教えが誕生したのだと思います。

特別編　その1

仏さまが自ら示された人の情

最後に、本朝（日本）編を離れて、天竺（インド）編からの話をご紹介しましょう。『今昔物語集』は「天竺」「震旦（中国）」「本朝」の三編構成になっており、本書では本朝の説話を取り上げてきましたが、特別枠として天竺編と震旦編のそれぞれから一話ずつを取り上げたいと思います。天竺編からは、お釈迦さまの最期のお別れシーンの話です。仏教を信仰されている方や関心を持たれている方には、ある意味でびっくりされる内容かもしれません。

仏、涅槃に入り給はんとする時、羅睺羅に遇はれたる語

（巻三・第三十）

今は昔、お釈迦さまが涅槃に入られようとする時に、羅睺羅は思った。
「私は、父が涅槃に入られるのを見るのは悲しくて堪えられない。どこか別の世界に行って、この悲しい出来事にあわないようにしよう」

お釈迦さま　仏教の開祖。釈迦牟尼仏の親称。釈尊とも略称される。35歳の時にさとりを開かれ、80歳の時に入涅槃された。
羅睺羅　ラーフラ。釈尊の実子であり、十大弟子の一人。
涅槃　煩悩を失くして絶対的安定（静寂）の境地に達した状態。梵語のニルヴァーナ。

それで、はるか上方にある仏の国に出かけた。ところが到着したその国の仏さまが、羅睺羅を見つけておっしゃった。

「あなたの父であるお釈迦さまが今、涅槃に入ろうとされているのに、あなたはどうしてここにいるのですか?」

羅睺羅が、

「父の仏が涅槃に入られるのを見るのが悲しくて忍びないのです」

と答えると、その国の仏さまは、

「あなたはなんと愚かなのだろうか。お釈迦さまは、涅槃に入ろうとされる今、あなたに遇おうと待ち続けておられるのだよ。一刻も早く還って、最後のひと時を一緒に過ごしなさい」

と語気強くおっしゃる。

羅睺羅は泣く泣く上方の仏さまの忠言に従って、釈迦牟尼仏(しゃかむにぶつ)のおられる娑婆世界に還っていった。ほどなくして、羅睺羅が帰り着いたのをお弟子たちが見つけ、

「突然、あなたがいなくなったものだから、お釈迦さまはずっとあなたの帰りを待っておられたのですよ。はやくそばに行かれてください」

上方にある仏の国　仏教では十方世界に数限りない仏の国があるとする。その一つ、上方にある仏国。

娑婆世界　忍土(にんど)。苦しみ多い世界。人間が住んでいるこの世界のこと。釈尊が教化された世界でもある。

と催促する。ようやく姿を現した羅睺羅にお釈迦さまはおっしゃった。

「私は今まさに滅度（めつど）に入って、この世界から別れなくてはならない。私の顔が見られるのも、これが最後なのだ。さぁ、もっと近くに来るがよい」

羅睺羅の目から涙が溢れ出た。お釈迦さまはそばに寄った羅睺羅の手を掴み、

「この羅睺羅は、私の息子です。十方の仏がたよ、我が息子を憐れみ給え……」

とおっしゃって、遂に滅度に入られたのだった。

このように清らかな身であられる仏さまでさえ、父子の関係は、他のお弟子らとは違うようだ。まして煩悩だらけの私たちが、わが子のために迷うのは当たり前のことなのだ。仏さまはそのことをおっしゃりたかったのではないだろうか。

滅度　涅槃の意訳。入涅槃、または入滅という時は、釈尊が人間としては亡くなられたことを意味する。

仏典では、お釈迦さま最後の言葉は「すべてのものは移り変わる。怠らず努めよ」だそうです。しかし、『今昔物語集』ではそうした教理を説くのではなく、儒教のように親子のあるべき姿を諭すのでもなく、人間の情がお釈迦さまを通してただ描かれているにすぎません。

しかしそこに、執われでいっぱいの私を他人事とせず、けっしてお捨てにならない大悲のお心が染み込んでいるようで、私には仏さまがより身近に感じられるのですが……。

特別編　その2

夜には仏さまが鳩摩羅焰を背負われて

インドで誕生した仏教が、遠い異国の地である中国や日本に伝来した裏には、数々の苦難とそれらを乗り越えて伝えようとする人びとの並々ならぬ熱意と努力がありました。最後に「震旦編」から、二世代にかけて命がけで仏教を中国に伝えた僧の親子の話をご紹介しましょう。

鳩摩羅焰、仏を盗み奉りて震旦に伝へたる語

（巻六・第五）

今は昔、天竺にお釈迦さまという仏さまがおられた。ある時、亡き母である摩耶夫人に教えを説くため忉利天に昇られ、九十日間この世を留守にされた。その間、仏さまを慕う優填王は寂しく思い、仏さまを模った像を造り礼拝していた。

九十日後、仏さまがこの世に戻ってこられる時、お像の仏さまは天から続く階段の下まで歩み寄り、本物の仏さまが降りてこられるのを恭しくお迎えした。そ

摩耶夫人　釈尊の生母。産んで七日後に没したとされる。

忉利天　六欲天の第二天。帝釈天がいる天界で、摩耶夫人が生まれたとされる。

優填王　ウダヤナ。古代インドの王で、釈尊の在世中に仏教を保護したとされる。

仏さまを模った像　これが仏像のはじまりといわれた。

れを見た人びとは驚き敬い、仏さまの入滅後もこの仏像を尊び続けたのだった。

その天竺に、鳩摩羅焔という聖人がおられた。聖人は、

「天竺は仏さまが出現された所なので、仏像がなくても教えは伝わるだろう。しかし東方の震旦（中国）にはまだ仏法はなく、人びとは暗闇の中で生きているようなものだ。そこで、この仏像を震旦までお連れし、広く人びとに仏さまのお心をお伝えして救いたい」

と願い、かの仏像を盗んで旅立った。

鳩摩羅焔は、後から必ず人が追いかけてくると思って、命を惜しまず昼夜の別なく険しく困難な道を歩き続けた。するとお像の仏さまが心を動かされ、昼に鳩摩羅焔が仏さまを背負って歩くと、夜には仏さまが交替して鳩摩羅焔を背負われて歩かれる、といったありさまだった。

やがて亀茲国に着いた。天竺と震旦の中間にあり、いずれの地からも遠い。もはや追っ手も来ないので、休息を取ることにした。能尊王という国王に拝謁し、事の次第を説明すると、国王は大いに尊ばれた。しかし同時に、これまでの道程で疲れ果て、年老いた鳩摩羅焔の身では、この先震旦まで行くことは困難だ

鳩摩羅焔　古代インドの僧。代々、宰相を務める家柄だったが、仏教に帰依し出家したとされる。

亀茲国　かつて中央アジアにあったオアシス都市。現在の中華人民共和国新疆ウイグル自治区のクチャ（庫車）の地。

と判断された。

そこで、国王は最愛の娘を娶(とつ)がせるから、生まれた子に震旦まで仏さまのお像をお連れさせればよいと勧める。はじめ聖人は戒を破ることはできないと拒むが、仏法を伝えることは菩薩行だと諭され、やむなく受諾した。姫も協力して懐妊するが、ほどなくして聖人は亡くなる。その後、男の子が生まれて、鳩摩羅什(くまらじゅう)と名づけられた。

成長した鳩摩羅什は、父の志を継いで仏像を震旦にお連れすると震旦の国王は敬い受け取り、国を挙げて崇め奉ったのだった。因みに鳩摩羅什は羅什三蔵とも申され、聡明で知恵深く、多くの経論を訳されて、末世に至るまで多くの人びとに利益(りやく)をお与えくださった方である。

戒を破る　男の出家者には二五〇の戒(約束事)があり、その一つに「男女の交わり」がある。これを破ると、永久追放になる。
菩薩行　仏になるための自利利他のそろった大乗の修行。
鳩摩羅什　後秦時代の僧。三百巻の仏典を漢訳し、仏教の普及に貢献した訳経僧。
三蔵　仏教の経・律・論に通達した高僧に与えられる敬称。

仏教伝来のご苦労が「夜は仏さまが鳩摩羅焔を背負う」という描写からも偲ばれます。また、私たちが親しんでいる『仏説阿弥陀経(ぶっせつあみだきょう)』は鳩摩羅什の訳なのです。
もう一言、震旦に運ばれた仏像の模刻が、京都にある清涼寺(せいりょうじ)の釈迦如来像だといわれています。日本に数多くの仏さま方が今もおられること、有り難く幸せな気分になりますね。

※本書は、月刊誌『御堂さん』（浄土真宗本願寺派本願寺津村別院発行）の二〇〇九年四月号～二〇一五年三月号に連載した文に、加筆・訂正したものです。

著者紹介

末本　弘然
（すえもと　こうねん）

一九五一年生まれ。大阪大学文学部卒。本願寺新報記者を経て、一九八三年大阪府池田市の浄土真宗本願寺派正福寺住職に就任。現在、月刊誌『御堂さん』編集委員。仏教に基づく地域コミュニティー促進をめざす「ナムのひろば」（http://namosquare.org）を主宰し、さまざまな文化活動を展開している。元・龍谷大学非常勤講師。

著書　『クイズ浄土真宗』（探究社）、『インドフォトエッセイ―仏さまに出会う旅』（東方出版）、『亡き人の偲び方』、『うちのお寺の門徒さん』（百華苑）、『浄土真宗　新・仏事のイロハ』（本願寺出版社）、ほか多数。

仏さまの世界へ誘う　今昔ものがたり抄

二〇二一年十二月十日　第一刷発行

著　者　末本弘然
発　行　本願寺出版社
〒六〇〇―八五〇一
京都市下京区堀川通花屋町下る
浄土真宗本願寺派
電　話　〇七五―三七一―四一七一
ＦＡＸ　〇七五―三四一―七七五三
【本願寺出版社ホームページ】
https://hongwanji-shuppan.com/
印　刷　大村印刷株式会社

定価はカバーに表示してあります。

ISBN978-4-86696-029-6 C0015
MO02-SH1-①21-12